수라
왕 **15**

이대성 신무협 장편소설

dream
books
드림북스

수라왕 15

초판 1쇄 인쇄 / 2015년 9월 10일
초판 1쇄 발행 / 2015년 9월 23일

지은이 / 이대성

발행인 / 오영배
책임편집 / 편집부
펴낸 곳 / (주)삼양출판사 · 드림북스

주소 / 서울시 강북구 도봉로 173
대표 전화 / 02-980-2112 팩스 / 02-983-0660
편집부 전화 / 02-980-2116 팩스 / 02-983-8201
블로그 / blog.naver.com/dreambookss

등록번호 / 제9-00046호
등록일자 / 1999년 3월 11일

ⓒ 이대성, 2015

값 9,000원

ISBN 979-11-313-0267-5(04810) / 978-89-542-5433-5 (세트)

* 지은이와 협의하에 인지는 생략합니다.
* 잘못된 책은 구입한 곳에서 바꾸어 드립니다.

이 도서의 국립중앙도서관 출판시도서목록(CIP)은 서지정보유통지원시스템홈페이지(http://seoji.nl.go.kr)와
국가자료공동목록시스템(http://www.nl.go.kr/kolisnet)에서 이용하실 수 있습니다. (CIP제어번호: 2015023703)

수라
왕 **15**

이대성 신무협 장편소설

dream
books
드림북스

차례

第一章

연합

"이거 꼴이 아주 우습게 되었구만."

백무량은 피투성이가 된 겉옷을 벗고 새 옷으로 갈아입으며 입을 열었다.

"놈들의 피해는?"

"제가 처음에 예상했던 것보다 적습니다. 대략 사천 명 정도를 죽였습니다."

상관중달이 보고하자 백무량은 고개를 갸웃거렸다.

"그 정도면 꽤 괜찮은 것 아닌가? 부상자는?"

항상 어떤 질문이든 곧바로 대답이 튀어나오던 상관중달이었지만 이번 질문에는 약간의 머뭇거림이 있었다.

"왜? 무슨 일이 있나?"

백무량이 의아한 얼굴로 묻자 상관중달이 쓴웃음을 그리며 입을 열었다.

"……부상자는 없습니다."

"응? 부상자가 없다니? 사로잡은 놈이 하나도 없다는 말인가? 그게 말이 되나?"

통상적으로 전쟁이 벌어지면 사망자보다 부상자가 더 많은 법이다.

"예. 가벼운 부상을 입은 자들은 이미 도주했고, 치명적인 부상을 입고 움직이지 못하는 놈들은 모두가 그 자리에서 자결했습니다."

백무량은 잠시 멍한 얼굴로 침묵을 지켰다.

늘 여유롭고 느긋했던 그였지만 방금 전 상관중달이 한 말은 너무나 충격적이었기 때문이다.

"……거참 지독한 놈들이구만."

"예. 저도 놀랐습니다. 사망자의 절반 이상은…… 스스로 자결한 자들입니다."

"허어……."

"충성심이 대단한 자들입니다."

"충성심이 아니라 그냥 미친놈들인 거지."

죽음이라는 것을 항상 입에 달고 사는 무림인들이지만 막상 죽음에 내몰리게 되면 어떻게든 살기 위해 발악하는 법이다.

한데도 마교의 잔당들은 사로잡힐 바에는 전부 죽음을 택했다.

그들의 맹목적인 충성심에 뒷골이 서늘해질 정도였다.

"우리 쪽 피해는 어떤가?"

"사망자 육천오십이 명에 부상자가 칠천삼백사십일 명입니다. 그 중에서 거동조차 불가능한 자들은 이천구백오십칠 명 정도 됩니다."

"클, 예상은 했지만 피해가 아주 심각하구만."

"예. 제 명령대로 추격을 하다가 오히려 당했습니다."

"추격을 하다가 당했다니?"

상관중달은 씁쓸한 얼굴을 해 보였다.

"마라천풍대가 가장 마지막까지 뒤에 남아서 추격하는 자들을 막아섰던 모양입니다. 워낙에 강한 자들이라 추격대도 어쩔 수 없었던 것 같습니다."

"뭐, 그 아이들이 마교의 최정예들이니까. 이름값을 했겠지."

"예. 뒤늦게나마 소림사의 백팔나한이 그들을 밀어내지 않았다면 추격하다가 도리어 피해를 입을 뻔했습니다."

"흠……."

백무량은 아쉬운 얼굴을 해 보였다.

본래의 계획대로 일이 진행되었다면 천마신교는 이곳에서 절반 가까운 병력을 잃었어야 했다.

한데 겨우 십분지 일 정도만 피해를 입은 게 아닌가?

'아니, 그것도 안 되나?'

천마신교가 확실히 정예는 정예인 모양이었다.

후퇴할 때 보여 주었던 질서정연하고도 일사불란한 모습을 보면 그들이 평소에 얼마나 혹독한 훈련을 받는지 알 수 있었다.

"생각보다 아쉽게 되었지만 기회는 아직 있지."

백무량은 주먹을 쥐었다 폈다 하며 히죽 웃었다.

그러자 상관중달 역시 고개를 끄덕이며 마주 웃어 보였다.

"예. 십만대산까지 가는 길은 멀지요. 거기다 길도 아주 험난할 겁니다."

"게다가 놈들은 깊은 상처를 입은 상태니까…… 늑대들이 달려들어도 전혀 이상하지 않지."

부상당한 호랑이는 늑대들에게도 잡아먹히는 법이다.

자세한 속사정이야 어떻게 되었든, 지금의 천마신교는 분명 정도맹에게 패했고 부상자들을 데리고 후퇴 중이었다.

이건 참으로 맛있는 먹잇감이 아닌가?

"북해빙궁과 남만야수문, 흑월회가 어떻게 나올지 기대가 되는구만."

"그들도 바보가 아닌 이상 지금이 마교를 무너뜨릴 수 있는 절호의 기회임을 알 것입니다."

상관중달의 계책.

그것은 바로 마교의 멸살이었다.

단순히 천마신교를 강호에서 쫓아내는 데에서 그치는 게 아니라, 그들의 본거지까지 싹 밀어 버릴 작정인 것이다.

"삭초제근(削草制根, 일단 한번 손을 쓰면 뿌리까지 뽑음)은 다음 세대를 위해 아주 중요한 작업이지. 훌륭한 계책을 생각해 주었네."

백무량의 칭찬에 상관중달은 겸손한 얼굴을 해 보였다.

"천 년의 역사가 있는 마교입니다만…… 저희 세대에서 사라지게 되겠군요. 모두 검황께서 손수 나서 주신 덕분입니다."

백무량은 상관중달의 들뜬 음성에 고개를 끄덕였다.

계획대로만 잘 진행된다면 이번 일은 정말 역사에 길이 남을 만한 대업적이 아닌가?

천마신교의 완전한 소멸.

무림사에 한 획을 그을 만한 사건임이 분명했다.

"추격은 언제부터 시작할 수 있겠는가? 바로 움직일까? 나는 괜찮네만."

"굳이 서두를 필요는 없습니다. 어차피 그들에게는 돌아갈 곳이 없을 테니까요."

천마신교의 고수들이 어찌어찌 추격을 피해서 십만대산으로 돌아간다고 하더라도, 그곳은 이미 과거에 철옹성이라 불렸던 십만대산이 아닐 것이다.

'황실에서 나온 고수들에게 이미 쑥대밭이 되어 있겠지.'

이제 천마신교는 멸망하는 것 외에 다른 길이 없었다.

잠시 혼자만의 생각에 잠겨 있던 상관중달은 퍼뜩 정신을 차리고 입을 열었다.

"그리고 조금 전에는 미처 보고드리지 못했지만 도제 엽낙천이 죽었습니다."

"아아, 들었네. 흑살마군이라는 애송이에게 죽었다면서?"

"예."

"거참 좋은 세상이 되는 걸 보지 못하고 가게 되어 아쉽구만."

"예. 그리고…… 이것은 대외비입니다만 신승께서도 부상을 당하셨습니다.”

“허? 그럴 리가? 그의 진짜 무력이 어느 정도인지 군사도 알지 않는가?”

“아무래도 실력을 숨기고자 하다가 당하신 것 같습니다만⋯⋯.”

“바보 같은 땡중이로군.”

백무량의 얼굴이 씁쓸해졌다.

신승 공야 대사는 현재 정도맹의 맹주였다.

그리고 그가 대외적으로 실력을 숨기고 있어서 그렇지, 사실 이미 삼황급에 다다랐다는 것을 백무량과 상관중달은 알고 있었다.

게다가 지금처럼 중요한 시점에서 그가 자리를 비우게 된다면 앞으로의 일에 차질이 생길지도 모른다.

“상태는 어떤가?”

“다행히 생명에 지장은 없습니다. 하지만 몇 주 정도는 요양을 하셔야 합니다.”

백무량은 안도의 한숨을 내쉬었다.

그리고 문득 드는 의문에 고개를 갸웃거렸다.

“한데 교주를 제외하고 신승에게 부상을 입힐 정도의 고수가 천마신교에 있었던가?”

“화경의 고수 두 명이서 갑작스럽게 협공을 했다고 합니다. 벽력마군 우규호와 패천마군이라는 신진고수가 동시에 달려들어서 신승께서도 당하신 모양입니다.”

“화경의 고수 두 명의 협공이라⋯⋯. 뭐, 그럼 방심하다가 당할 만도 하겠군."

백무량이 고개를 끄덕이다가 입맛을 다셨다.

"마교에 있는 화경의 고수들은 멀쩡한가?"

"예……. 아쉽게도 손을 보진 못한 것으로 압니다."

"정말 아쉽구만."

나중을 위해서라도 이번 싸움에서 화경의 고수 숫자를 줄여 놓을 필요가 있었거늘…….

그 부분은 계획대로 되지 않았다.

"하면 이제부터 나는 무얼 하면 되나?"

"기다리시면 됩니다. 변화가 생길 때까지."

그리고 기다리고 있던 변화는 생각보다 빨리 찾아왔다.

비록 그것이 상관중달이 기대하던 형태는 아니었지만 말이다.

*　　　*　　　*

초류향은 침통한 표정으로 바위 위에 앉아 있었다.

그리고 그릇을 챙겨 들고 그의 뒤에서 대기하고 있던 운휘가 입을 열었다.

"뭔가를 드셔야 합니다, 주군. 이러다가 몸 상하십니다."

"……생각이 없습니다."

운휘는 초췌한 얼굴을 한 그의 주군을 바라보다가 초류향의 맞은편에 가서 섰다.

나흘 동안 쉬지 않고 달렸다.

그동안 정도맹을 박살 내며 당당하게 지나왔던 길을 쫓기듯이 도망쳐 와야만 했던 것이다.

운휘는 식어 버린 음식을 내공을 사용해 데우며 말했다.

"이럴 때일수록 식사를 드셔야 합니다. 교주님께서 흔들리시면 저희는 기댈 곳이 없습니다."

"……."

초류향은 복잡한 얼굴을 해 보였다.

운휘는 그런 초류향의 손에 억지로 젓가락을 쥐여 주고는 입을 열었다.

"시련이 없는 성공은 없습니다, 주군. 주군께서 가진 열망이 크신 만큼, 그것에 도달할 때까지의 시련 역시 클 수밖에 없습니다. 참고 견디셔야 합니다."

"저는……."

초류향은 무슨 말을 하려다가 입을 다물었다.

그리고 자신의 앞에 놓여 있는 밥과 음식들을 바라보며 허탈하게 중얼거렸다.

"……아직까지도 제 선택에 확신이 없습니다."

운휘는 고개를 끄덕였다.

초류향은 정도맹과의 싸움에서 선택을 해야 했다.

이대로 정도맹을 몰아붙이느냐. 아니면 후퇴를 하느냐를 선택해야 했던 것이다.

그리고 초류향은 그 순간 뒤로 물러서는 것을 선택했다.

전력을 최대한 보존한 채 물러서야 한다고 판단을 내린 것이다.

그 한 번의 선택이 모든 것을 갈라놓았다.

"지금에 와서는 제가…… 검황의 농간에 당한 것이 아닐까 의심스럽습니다."

그 순간에는 태극검황 백무량의 말만 믿고, 십만대산이 위기라는 판단을 내렸다.

하나 후퇴를 하면서 생각해 보니 검황의 말에는 아무런 증거가 없었다.

'단순한 짐작이다.'

초류향은 자신의 판단 때문에 죽어 간 수없이 많은 천마신교의 고수들을 떠올리며 괴로워했다.

"저는 주군의 판단을 믿습니다."

"……."

"황실은 분명 십만대산을 향해 움직이고 있을 겁니다. 주군의 판단은 옳았습니다."

초류향은 퍽퍽해진 밥을 젓가락으로 떠 올리며 서글픈 얼굴을 해 보였다.

"설혹 제 판단이 옳았다 하더라도 이미 늦었을 겁니다. 백무량이 그 정도로 여유롭게 말한 것을 보면 이미 황실은 십만대산의 지척까지 도착했겠지요."

"십만대산은 주군께서 생각하시는 것처럼 쉽게 무너지지 않습니다. 황실이 그곳에 있는 본 교의 고수들을 죽일 수야 있겠지만 일반 교도들 전부를 죽일 순 없을 겁니다."

초류향은 침묵을 지켰다.

그리고 젓가락으로 들어 올린 밥을 입으로 가져가 천천히 씹었다.

'확실히 지금은 무언가 판단을 내릴 때가 아니다.'

운휘의 말이 옳았다.

아직은 아무것도 확실하지가 않았다.

외부에 나가 있는 정보원들이 돌아와 봐야 정확한 그림을 그릴 수 있는 것이다.

초류향은 모래알처럼 까끌까끌한 밥알을 꼭꼭 씹으며 무너져 가려는 의지를 붙잡기 위해 애썼다.

겨우 밥알을 씹어서 목 뒤로 넘기려는데 자결하던 천마신교의 무사들이 자꾸 눈앞에 아른거렸다.

'미안합니다…….'

그들이 어떤 마음으로 자결한 것인지 누구보다도 잘 알고 있는 초류향이었다.

비통하고도 괴로웠지만 운휘의 말처럼 지금은 흔들려서는 안 되는 시점이었다.

'최대한 침착해야 한다.'

안 넘어가는 밥을 억지로 삼키며 초류향은 어금니를 깨물었다.

이번 사태로 초류향은 너무도 많은 것을 잃었다.

그리고 자신의 교만함과 어리석음을 몸서리쳐질 정도로 잘 알게 되었다.

'울면 안 된다.'

울어도 소용없었다.

그래도 변하는 건 아무것도 없으니까.

게다가 이제는 쉽게 울지도 못하는 위치가 아닌가?

초류향이 붉게 충혈된 눈으로 하늘을 보며 억지로 조금씩 밥을 먹고 있을 때였다.

갑자기 전면이 소란스러워졌기에 초류향의 시선이 그곳을 향했다.

그러다 자신도 모르게 젓가락을 바닥에 떨궈 버렸다.

"교주님, 수상한 놈이 교주님을 만나고 싶다고 해서……."

붕대로 상체를 칭칭 동여맨 우 호법이 누군가의 목덜미를 잡은 채 대롱대롱 끌고 왔다.

그리고 그의 얼굴을 보는 순간 초류향은 입을 열었다.

"흑월회의 안휘 분타주?"

"하하…… 다행히 저를 기억하시는군요."

"허엇? 정말로 교주님께서 아는 사람인 겁니까?"

초류향이 고개를 끄덕였다.

그러자 우 호법이 곧장 중년인의 목덜미를 놓아준 후 옷을 가볍게 털어 주며 말했다.

"서로 간에 오해가 있었던 것 같소. 미안하오. 허허……."

"괜찮습니다. 죽이지만 않으시면 되죠."

"거참, 화통한 분이라 다행이오. 푸허허헛!"

안휘 분타주도 마주 웃다가 곧장 정색하더니 초류향을 향해 넙죽 엎드려 보였다.

"본 회의 군사께서 보내 주신 서찰을 가지고 왔습니다, 교주님."

"……."

초류향은 고개를 끄덕였다.

그리고 입을 열었다.

"그대는 지금 돌아가는 상황에 대해서 정확하게 알고 있나?"

"예, 교주님. 그것을 알려 드리기 위해 제가 온 것입니다."

초류향은 안휘 분타주를 물끄러미 바라보았다.

그리고 말했다.

"나는 지금 냉하영의 말을 듣기 전에 먼저 확인하고 싶은 사실이 있다. 알려 줄 수 있겠나?"

"예. 물어보십시오."

초류향은 흑월회의 안휘 분타주를 바라보다가 천천히 호흡을 골랐다.

지켜보고 있던 운휘와 우 호법 역시 진지한 얼굴을 해 보였다.

그들 역시 초류향이 무엇을 물어볼 것인지 알고 있었던 것이다.

"황실은…… 정말 십만대산을 향해 움직이고 있는 것이 확실한가?"

이게 핵심이었다.

자리에 있는 모두가 긴장한 얼굴로 흑월회의 안휘 분타주를 바라보았다.

그는 천마신교 고수들의 따가운 시선을 느끼며 묵직한 음성으로 대답했다.

"예, 교주님. 황실은 십만대산을 목표로 이동하고 있습니다. 병력은 대략 칠백 명입니다만 숫자는 아주 조금씩 증가하고 있습니다. 그들 모두가 최정예로, 화경의 고수만 무려 네 명이 포함되어 있습니다."

"……."

초류향은 잠시 동안 아무 말도 하지 않았다.

그러다 조용히 두 손으로 자신의 얼굴을 감쌌다.

고요한 정적이 흐르고, 운휘가 천천히 다가가 초류향의 앞에 무릎을 꿇고 말했다.

"주군의 판단은 역시 틀리지 않았습니다."

"……."

"이제 더 이상 괴로워하지 않으셔도 됩니다, 주군."

초류향은 두 손으로 얼굴을 감싼 채 고개를 끄덕였다.

그리고 잠시 후 초류향은 붉어진 얼굴을 들어 올렸다.

"이제 그녀의 서찰을 보여 주시오."

"여기 있습니다. 교주님."

흑월회 안휘 분타주가 건넨 서찰을 그 자리에서 꺼내어 읽어 보던 초류향의 얼굴이 시시각각 다채롭게 변하기 시작했다.

그러다 최종적으로 초류향은 입가에 가느다란 미소를 머금은 채 운휘를 바라보며 말했다.

"하늘이 아직 저를 버리지 않은 모양입니다."

흑월회와 천마신교의 연합.

그것이 결정된 순간이었다.

*   *   *

"이제 천마신교의 코앞까지 왔군. 자네들도 알겠지만 이건 고작 시작에 불과해."

태 공공.

황실의 환관이자 어둠 속에 숨어 있는 제1의 실권자.

그는 느긋한 얼굴로 좌중을 둘러보았다.

"지긋지긋한 천마신교만 밀어 버리면 나머지는 쉽지. 떨거지니까. 어려울 게 하나도 없는 계획이다."

무림 말살 계획.

이건 사실 역대 황제들 모두가 시도했지만 여태껏 그 누구도 성공한 적이 없는 계획이었다.

"천마신교야 현재 주력들이 밖으로 나가 있으니 그렇다 쳐도 다른 곳들은 어떻게 하실 생각입니까? 그들에게는 각각 삼황급의 고수가 있습니다."

묵혼.

화경의 고수이자 황실 비밀 감찰대의 대주인 그가 묻자 태 공공은 그에게로 시선을 돌렸다.

그리고 입가에 비웃음을 그리며 말했다.

"왜? 천하의 감찰대주도 겁나는 게 있나 보지?"

묵혼은 눈썹을 꿈틀거렸지만 감히 발작하지는 못했다.

"……그들이 신경 쓰이지 않는다면 거짓말이겠지요. 과거의 인물이긴 하지만 그들의 무력은 현재까지도 유효합니다. 공공께서는 그런 고수들을 상대할 비책이 있으십니까?"

"물론. 설마 그런 점도 고려하지 않고 계획을 실행했을까? 감찰대주는 내가 그리 어리석어 보이나?"

묵혼은 입을 다물었다.

마음 같아서야 저 요망한 환관 놈을 당장에라도 쳐 죽이고 싶었지만 그럴 순 없었다.

저놈은 권력의 흐름에 아주 민감했고, 시기를 놓치는 법이 없었다.

덕분에 지금은 황실의 어둠을 완전히 지배하고 있지 않은가?

'언제고 네 목은 내가 직접 따 주마.'

묵혼은 그렇게 다짐하며 조용히 침묵을 지켰다.

그러자 둘의 싸움을 흥미롭게 지켜보던 곰 같은 덩치의 사내.

금위대장 피주흔이 입을 열었다.

"삼황급의 고수를 상대할 만한 비책이라……. 그 고견을 듣고 싶은데, 실례가 되지 않는다면 어떤 묘책인지 저희들에게도 말씀해 주실수 있으시겠습니까?"

화경의 고수 피주흔.

그의 날카로운 질문에 태 공공은 미소 지으며 입을 열었다.

"아직은 외부에 공개할 수 없는 단계라 유감이야. 하나 대비책이 있다는 것만큼은 확실하니 너희들은 그 부분에 대해서 걱정하지 않아도 좋아."

피주흔은 고개를 저었다.

"단순히 그 말씀만 믿고 넘어갈 수 있는 사안이 아니라고 봅니다만."

그의 말대로, 이건 단순히 태 공공의 말만 믿고 지나갈 수 없는 문제였다.

천마신교와의 일전이 끝난다면 곧장 정도맹과, 그 후에는 흑월회와 북해빙궁, 남만야수문과도 싸움을 해야 하는 상황이 아닌가?

그들에게는 각각 삼황급의 고수가 포진되어 있고, 그 삼황급의 고수들을 직접 상대할 고수는 현재 황실에 없었다.

격이 다른 것이다.

"좋아. 워낙에 불안해하니까 조금만 공개하도록 해야겠군."

태 공공은 잠시 전음으로 바깥에 있는 누군가에게 지시를 내렸다.

그리고 그 지시가 끝나고 얼마 지나지 않아 문밖에서 인기척이 들렸다.

"들어와라."

문밖에 서 있던 사람.

그는 조심스러운 태도로 방 안에 들어와 손에 들고 있던 길쭉한 상자를 태 공공 앞에 내밀었다.

그러자 그때까지 구석에서 조용하게 이야기를 듣고만 있던 사내.

학자풍의 호리호리한 체구를 가진 중년인의 눈빛에 호기심이 떠올랐다.

"그게 무엇입니까, 태 공공?"

선비처럼 생긴 외모의 사내.

그가 바로 현재 황실 무공 서열 제1위.

오직 황제만이 직접 부릴 수 있다는 어둠 속의 검.

소리비도 구양봉이었다.

"구양봉 어르신께서도 이쪽에는 관심이 있으신가 봅니다."

"삼황 정도의 고수를 상대할 수 있는 무기라면 관심이 있지요."

태 공공도 그에게만은 공손한 태도를 취했다.

이번 계획을 위해 황제가 특별하게 보내 준 사람이었기에 태 공공도 함부로 명령할 수 없었던 것이다.

"이건 삼황의 고수를 상대할 수 있는 무기가 아닙니다."

"음? 그건 앞의 말과 다르군요?"

구양봉이 고개를 갸웃거리자 태 공공이 화사하게 웃으며 대답했다.

"이건 삼황을 상대하는 게 아니라 죽이는 무기일 뿐입니다. 물론 아직은 개량을 조금 더 해야 하지만……."

"호오……."

태 공공은 상자를 열고 그 안에서 길쭉한 형태의 쇠붙이를 꺼내 들었다.

그것을 지켜보던 금위대장 피주흔의 눈가에 이채가 떠올랐다.

"이건 화승총이 아닙니까?"

"제대로 봤네? 정확하게는 개량을 조금 한 물건이지."

화승총을 바라보던 피주흔의 눈가에 노골적인 실망감이 떠올랐다.

"설마 이것만으로…… 삼황의 고수를 상대할 수 있다는 겁니까?"

금위대장 피주흔이 알고 있는 한 화승총은 기껏해야 일류 고수들에게나 소용이 있었다.

방심하고 있으면 절정 고수들에게까지 먹힐지도 모르겠으나 딱 거기까지다.

감각이 극도로 발달해 있는 화경의 고수쯤 되면 총알을 피할 수도, 내력을 뿜어내 막을 수도 있었다.

'설마 그런 기본적인 사실조차 모르는 건가?'

피주흔의 얼굴에 불신이 떠오를 때쯤.

태 공공은 그의 얼굴을 바라보며 재미있다는 표정을 지어 보였다.

"아무래도 이 무기에 대해서 제법 잘 아는 모양이야, 금위대장께서는."

"조금은…… 알고 있습니다."

"그럼 금위대장의 생각으로는 어때? 이것으로 삼황을 막을 수 있을까?"

피주흔은 잠시 고민했다.

그가 대체 무슨 의도로 이런 질문을 하는지 몰랐던 것이다.

그러다 결국 소신을 갖고 말하기로 결심했다.

"어렵습니다. 분명 화승총이 뛰어나고 대단한 무기인 것은 맞지만 재장전 시간도 길고, 위력도 약합니다. 잘 봐 줘도 절정 고수까지만 통용되는 무기일 뿐입니다."

"그래? 그러면 금위대장이 한번 막아 볼 텐가? 현재 개량 중인 시험품이지만 내가 보기엔 이 정도면 충분해 보이는데.”

태 공공의 말에 피주흔은 눈살을 찌푸렸다.

자신이 비록 황실에 있는 화경의 고수들 중 그 무력이 가장 약하다곤 하지만 이건 대놓고 그를 무시하는 것이 아닌가?

“좋습니다, 태 공공. 제가 한번 받아 내 보지요.”

기껏해야 화승총이었다.

받아 내지 못할 이유가 없는 것이다.

피주흔이 일어나자 태 공공이 입을 열었다.

“뒤로 가서 벽에 붙도록 해. 금위대장.”

태 공공의 주문에 피주흔은 시키는 대로 움직였다.

그러자 태 공공 역시 최대한 멀리 떨어져서 피주흔에게 총을 겨누었다.

“거리가 너무 먼 것 아닙니까?”

“아니, 최소한 이 정도는 되어야 보는 사람들도 납득이 될 테니까.”

피주흔은 고개를 끄덕였다.

둘 사이의 거리는 대략 오십 장(백오십 미터) 정도.

멀다면 멀고 가깝다면 가까운 거리다.

‘하지만 삼황급의 고수들에게는 너무나도 가까운 거리지.’

그들에게는 이 정도 거리면 지척과 다름이 없다.

모두가 그런 생각들을 하고 있을 때.

태 공공이 입을 열었다.

“그럼 쏠 테니 막아 봐.”

피주흔은 집중했다.

이러니저러니 해도 그 역시 화경의 고수.

그가 집중한 이상 아무리 빠른 암기도 그를 상처 입힐 수 없었다.

하나.

'응?'

왼팔에 무언가 따끔한 느낌이 들었다고 생각한 그 순간.

탕—!

뒤늦게 거대한 천둥소리가 들렸다.

그리고 잠시 후, 태 공공을 제외한 모두의 눈에 놀라움이 떠올랐다.

"이건⋯⋯."

피주흔의 왼쪽 어깻죽지에서 피가 흘러나오고 있었다.

상처를 바라보는 피주흔의 얼굴이 황당함으로 물들어 가는 가운데 태 공공이 입을 열었다.

"어때?"

놀라웠다.

무려 화경의 고수인 피주흔의 감각을 속이고 상처를 입힌 것이다.

피주흔을 비롯한 모두의 얼굴에 혼란스러움이 떠올랐다.

특히 당사자인 피주흔은 황당하다는 얼굴로 태 공공을 바라보았다.

'보지 못했다. 아니, 느끼지도 못했다.'

눈으로 보고 움직이면 이미 늦는다.

그랬기에 감각을 활짝 열어 놓고 순간적으로 반응해서 피할 생각을 하고 있었던 것이다.

'거기에 더해서 호신강기마저도 꿰뚫어 버릴 정도의 위력이라……'

정말 어처구니없는 일이 아닌가?

피주흔이 알고 있던 일반적인 화승총의 범주를 훨씬 뛰어넘는 성능이었다.

"어떻게 하신 것입니까? 이건 제가 알고 있는 화승총이 아닙니다, 공공."

"물론 일반적인 화승총은 아니지. 나에게 맞춰서 특별하게 제작된 물건이니까. 오로지 나만 쓸 수 있지."

태 공공은 총을 내려놓고 음흉하게 웃어 보였다.

"알고 보면 아주 간단해. 내가 익힌 특별한 무공과 화승총의 성능을 결합한 거야. 그랬더니 이런 괴물이 탄생했지."

묵혼과 구양봉.

그리고 피주흔까지 모두가 숨을 죽이고 태 공공을 바라보았다.

태 공공은 그들의 시선을 즐기며 특유의 요사스러운 웃음을 입가에 그렸다.

"어때? 아직 개량할 부분이 남긴 했지만 이 정도면 이제 좀 다들 믿음이 가나?"

태 공공을 마음에 들어 하지 않는 묵혼이 제일 먼저 고개를 끄덕였다.

그의 감각도 총알의 움직임을 잡아내지 못했던 것이다.

'이 정도라면……'

지금도 훌륭하지만 여기에서 더 개량이 된다면 어쩌면 정말로 삼황급의 고수를 쓰러뜨릴 수 있을지도 모른다.

그들의 표정을 읽은 태 공공의 입가에 만족스러운 미소가 떠올랐다.

*　　　*　　　*

"여기, 이 길목만 지키면 된다 이거지, 불곰?"

"그래, 백여우."

"크흐흐, 언제까지 지키면 된다고?"

"앞으로 하루 남았다. 우리는 하루 뒤에 철수하면 된다."

"뭐야? 별거 아니구만."

북해빙궁의 적혈명과, 남만야수문의 구휘는 절벽 위에 올라서서 아래를 내려다보며 웃고 있었다.

"사흘 동안만 이곳에서 시간을 끌어 주면 사천 땅을 주겠다라…….

검황께서도 이번에 천마신교를 박살 내려고 아주 작정을 했구만."

구휘는 고개를 끄덕였다.

태극검황 백무량.

그가 직접 북해빙궁, 남만야수문과 접촉해서 이런 파격적인 제의를 한 것이다.

"정도맹이 세운 계획대로 모든 일이 잘될 것이라 보나, 백여우?"

"물론이지. 황실이 움직였으니까. 불곰, 너는 아니야?"

남만야수문의 구휘는 미묘한 얼굴을 해 보였다.

"걸리는 점이 있다."

"걸리는 점?"

이번에 정도맹이 세운 계획은 정말이지 너무나도 치밀했다.

구휘와 적혈명도 검황의 제의를 받고 그의 계획을 들은 이후로 크게 감탄하지 않았던가?

'천마신교는 빠져나갈 구멍이 없다.'

이것이 적혈명의 결론이었다.

한데 구휘는 시간이 지날수록 무언가가 빠져 있다는 사실을 깨닫게 되었다.

"아직은 확실하지 않으니 말을 해 줄 수 없다. 일단은 기다리는 것만으로도 사천이 우리 손에 들어오니 그것이면 충분할 터."

"흐음……."

적혈명은 구휘의 말에 자신의 턱을 한 번 쓰다듬으며 말했다.

"걱정이 지나치다, 불곰. 사흘이면 황실이 충분히 십만대산을 부숴놓을 수 있는 시간이지. 십만대산이 무너지면 천마신교가 망하는 것도 시간문제다."

십만대산은 단순한 본거지 이상의 상징성을 가진다.

절대불가침의 영역.

그게 바로 십만대산인 것이다.

그곳이 뚫리게 된다면 그동안 쌓아 놓았던 천마신교의 모든 기반이 무너진다.

든든한 받침대가 사라진 집은, 설령 그것이 황궁이라 할지라도 무너질 수밖에 없었다.

"천마신교가 무너진다라……."

황실에 속해 있는 화경의 고수가 무려 네 명이다.

단일 세력으로는 천마신교와 맞먹는 막강한 전력인 것이다.

'하지만……'

구휘는 이상하게 흑월회가 마음에 걸렸다.

그들이 너무 조용한 것이다.

그래서 사람들을 풀어 보았지만 구휘의 정보에 걸리는 별다른 움직임은 없었다.

그게 더더욱 구휘의 촉각을 예민하게 만들었다.

"나는 이번에 천마신교의 교주를 만나고 싶다. 놈에게는 빚이 있지."

과거 초류향의 진법에 걸려서 죽을 뻔하지 않았던가?

그런 불쾌하고 위태로운 경험은 구휘의 인생에서 정말 몇 번 없는 기억이었다.

그런 구휘가 가질 분노를 너무나도 잘 이해하는 적혈명은 히죽 웃으며 말했다.

"그런데 과연 네 차례까지 갈까? 이번에는 내가 먼저 그놈을 개박살 내 놓을 생각인데."

적혈명이 도발하듯이 말하자 구휘는 의외로 선선히 고개를 끄덕였다.

"그럼 네가 먼저 상대하는 것도 좋겠지."

"어라? 왜 이렇게 포기가 빨라? 기분 나쁘게. 이거 마치 내가 당한 거 같잖아."

구휘는 피식 웃었다.

이 북해빙궁의 후계자는 분명 대단히 우수한 인재였다.

한데 의외로 이렇게 헐렁한 구석이 있었다.

"그럼 내가 먼저 나설까?"

"아니, 그건 곤란하지."

"확실하게 정해라, 백여우. 나는 네 의견에 따르도록 하지."

"음……."

그들은 강해져 있었다.

과거에도 강했지만 지금은 더더욱 강해졌다.

차세대 강호의 미래를 짊어지고 나갈 초고수들.

그게 바로 구휘와 적혈명이다.

"역시 이번에는 내가 먼저 나가는 게 좋겠어. 불곰, 넌 뒤에서 구경이나 해."

"그게 좋다면 그렇게 해라. 조만간 나타날 테니까."

구휘의 말처럼 기다림은 그리 길지 않았다.

저녁 무렵.

그들의 앞에 초류향이 천마신교의 무사들을 이끌고 나타난 것이다.

第二章

첫 만남

재수가 없는 놈은 뒤로 넘어져도 코가 깨진다는 말이 있다.

지금 엄승도가 딱 그 짝이었다.

'어째서 나한테만 이런 일이 생기는 거야…….'

엄승도는 하나밖에 남지 않은 팔을 들어서 머리를 쥐어뜯었다.

원래는 화령을 십만대산에 데려다 주고 곧장 초류향에게 돌아갈 생각이었다.

그런데 빠른 마차를 타고 이동하는 도중에 황실이 쳐들어온다는 말도 안 되는 소식을 들었다.

믿고 싶지 않았다.

그래도 혹시 모르는 일이니 곧장 복귀해서 진위를 파악해 보았는데 불행히도 그 정보는 사실이었다.

"정말 최악이다."

현재 십만대산에는 황실의 어마무시한 전력을 막을 만한 병력이 존재하지 않았다.

덕분에 엄승도는 크게 좌절했다.

왜 이런 중요한 정보의 파악이 늦은 걸까?

아무래도 정도맹과 북해빙궁, 남만야수문의 정보에 집중하다 보니 황실 쪽은 취약해질 수밖에 없었다.

'사실 황실에서 움직일 거라고는 아무도 예상하지 못했지…….'

척계광과 주호유가 실각당했기 때문에 황실 쪽은 당분간은 괜찮으리라 생각했다.

이렇게 허를 찔릴 줄은 상상조차 하지 못했던 것이다.

한참 동안 공황 상태에 빠져 있던 엄승도는 천장을 바라보며 숨을 몰아쉬었다.

지금은 이렇게 머릿속으로 뒤늦은 후회나 할 때가 아니었다.

"가서 흑풍대주와 신마대주를 불러와라. 회의를 해야겠다."

『존명.』

엄승도는 수하들의 기척이 멀어지자 어금니를 깨물며 의지를 다졌다.

'그래도 지금 상황에서 내가 할 수 있는 건 다 해 봐야겠다.'

그래야 죽어서라도 할 말이 있을 것이다.

그가 그렇게 결심하고 있을 무렵.

문밖에서 인기척이 느껴졌다.

"들어오십시오."

문이 열리고 흑풍대주와 신마대주가 그의 처소로 들어왔다.

그들 역시 표정이 좋지 않았다.

밀려들어 오는 황실의 세력에는 화경의 고수가 네 명이나 있다지 않은가?

차라리 숫자로 밀고 들어오면 좋으련만, 저쪽은 철저하게 소수정예였다.

"이야기는 다 들으셨을 테니 본론을 꺼내겠습니다. 일단 두 분 다 앉으시지요."

신마대주와 흑풍대주는 고개를 끄덕이며 자리에 앉았다.

초류향은 강호로 나가면서 비어 있는 십만대산을 그들에게 맡겼다.

이유는 간단했다.

그들이 이끌고 있는 흑풍대와 신마대의 숫자가 가장 많았기 때문이다.

하나 지금 문제는 그들의 무력 수준이다.

흑풍대와 신마대는 천마신교에서도 최하위급 무력 단체.

때문에 숫자에 비해 쓸 만한 고수는 절대적으로 부족했다.

"비마대주도 알고 있다시피 우리들만으로는 화경의 고수를 상대할 수가 없소."

"그렇겠지요."

흑풍대주가 침통하게 입을 열었다.

화경의 고수를 막을 수 있는 것은 같은 화경의 고수가 아닌 이상 절정 고수들밖에 없었다.

그들만이 화경의 고수가 뿜어내는 공격을 어설프게나마 읽고 막을 수 있기 때문이다.

'그것도 최소 서른 명 이상일 때의 이야기지만……'

절정 고수와 화경의 고수.

단 한 단계의 무력 차이였지만 그 차이는 진정 어마어마한 것이 현실이다.

두 단계 이상 차이가 나면 그때부터는 이미 머릿수는 아무런 의미가 없다.

일류 고수와 화경의 고수.

이렇게 싸움이 벌어진다면 화경의 고수가 일방적인 학살을 할 수 있는 것이다.

"일류 고수라 해도 화경의 고수 앞에서는 어린아이와 다름없는 것이 현실."

신마대주가 입을 열자 모두가 고개를 끄덕였다.

문제는 지금 이곳에 모여 있는 절정 고수들을 다 끌어모아 봐도 고작해야 백 명 안팎이라는 점이다.

저쪽은 화경의 고수 네 명에 절정 고수가 거의 오백 명이라고 하지 않던가?

"재수 없으면 우리 대에서 혈뢰문이 부서지는 수모를 겪을지도 모르겠소."

흑풍대주가 침통한 얼굴로 중얼거리자 엄승도가 작게 입을 열었다.

"아직 시도해 볼 만한 방법은 있습니다. 그것도 무려 두 가지나 있지요."

"그게 무엇이오?"

엄승도는 자신이 필사적으로 궁리한 끝에 생각해 두었던 방법을 설명했다.

"일단 하나는…… 원로원을 움직이는 것입니다. 이것은 제가 보았을 때 그다지 어렵지 않을 겁니다."

원로원.

호법이 되지 못했기에 은퇴하고 뒷방에서 편안한 노후를 보내고 있는 전대의 마인들이었다.

그들의 숫자는 무려 이백여 명 안팎.

평소에는 유명무실한 그들이지만 지금처럼 위기가 찾아온 상황에서는 분명히 적지 않은 힘을 빌려 줄 것이다.

"다른 한 가지는 조금 어렵습니다."

"어렵더라도 시도는 해 봐야 하지 않겠소?"

엄승도가 고개를 끄덕였다.

그리고 천천히 입을 열었다.

"사대 가문의 힘을 빌리는 것입니다."

"……!"

여태껏 사대 가문은 스스로의 무력을 외부에 공개적으로 보여 준 적이 단 한 번도 없었다.

그들은 힘을 숨기기에 급급해 왔으니까.

만약 그들이 정말로 손을 빌려 준다면 확실히 엄청난 전력이 될 것이다.

"그들이 힘을 빌려 주기만 한다면 분명 절정 고수의 숫자에서는 저쪽에 크게 밀리지 않을 겁니다. 하지만……."

엄승도는 말을 하다가 씁쓸한 얼굴로 입을 열었다.

"그래도 여전히 화경의 고수는 막을 수 없을 것입니다."

"……."

압도적인 힘의 차이였다.

화경의 고수가 하나만 있어도 빠듯한데, 무려 네 명이다.

그들이 작정하고 전장을 휘젓고 다닌다면 지금의 전력으로 감당할 수 있을 리가 없다.

절정 고수의 숫자가 얼마건 간에 모래성처럼 무너지게 될 터.

"이건 시간과의 싸움입니다. 분명 지금쯤이면 교주님께서도 이곳을 향해 미친 듯이 달려오고 계실 겁니다."

단지 도착하는 시간까지 버티지 못할 거라는 게 문제지만…….

엄승도는 뒷말을 삼켰다.

굳이 말하지 않아도 모두가 알고 있는 사실이었으니까.

"사대 가문을 설득하는 것도 솔직히 말해서 어렵습니다. 그들도 지금 이런 전력 차이를 알고 있을 터. 그렇다면 아마 주요 병력들을 외부로 빼돌리기 위해 안간힘을 쓰고 있을 겁니다."

최악의 경우.

십만대산이 황실에 의해 무너지더라도 사대 가문만큼은 절대 무너지지 않는다.

그것이 그들의 생각이었다.

"이기적인 생각이오. 그것은…….."

"하지만 가문을 지키기 위한 그들의 노력을 보았을 때 이것은 충분히 가능한 이야기입니다."

신마대주와 흑풍대주는 고개를 끄덕였다.

사대 가문의 가주들.

그들은 침몰해 가는 배에 가만히 안주하고 앉아 있을 위인들이 아닌 것이다.

"그러면 이제 어찌했으면 좋겠소, 비마대주께서는?"

엄승도는 자신을 바라보는 흑풍대주와 신마대주를 마주 바라보며 어깨를 으쓱해 보였다.

"그냥 당할 수는 없으니 최후의 발악이라도 하는 수밖에 없지 않겠습니까? 저는 이제부터 하늘에 기도하면서 사대 가문의 가주님들을 만나러 가야겠습니다."

신마대주와 흑풍대주가 쓴웃음을 입가에 그릴 때.

엄승도는 자리에서 일어섰다.

그리고 헐렁이는 자신의 한쪽 팔을 바라보며 입을 열었다.

"교주님이 살려 주신 목숨입니다. 저는 하나도 아깝지 않습니다."

일단 엄승도는 사대 가문의 수장을 만나러 가기로 했다.

그들을 어떻게든 설득해 볼 생각이다.

'가능성은 대단히 낮겠지만…….'

그들은 가능성이 낮은 일에는 절대 투자하지 않을 것이다.

하지만 그래도 시도는 해 봐야 했다.

엄승도는 애써 밝은 얼굴로 바깥으로 나가려 했다.

그때.

다급한 발걸음과 함께 누군가가 문밖에서 전음으로 엄승도에게 말을 걸어 왔다.

『대주님, 급한 소식이 있습니다.』

엄승도는 뒷머리를 긁적이며 중얼거렸다.

"이런 상황에서 아직까지 더 안 좋은 소식이 남아 있었던가……."

그가 뒤를 돌아보며 헛웃음을 흘릴 때.

바깥에 있던 수하가 뒤이어 전음을 날렸다.

『흑월회에서 사람이 찾아왔습니다.』

"흑월회?"

『예. 흑월회의 군사 냉하영, 그녀가 직접 찾아와 서둘러 책임자를 만나길 원하고 있습니다.』

엄승도는 눈을 동그랗게 떴다.

머릿속으로 온갖 생각들이 스쳐 지나갔다.

상황이 상황이다 보니 그녀가 이곳에 올 이유는 무궁무진하게 많았던 것이다.

'독을 들고 왔을까? 아니면 약을 들고 왔을까?'

알 수 없었다.

냉하영의 머릿속을 직접 열어 보지 않는 이상에야 당장은 판단을 내릴 수가 없는 일이었다.

잠시 고민하던 엄승도는 신마대주와 흑풍대주를 바라보며 입을 열었다.

"흑월회의 군사가 찾아왔다고 합니다. 함께 가 보시겠습니까?"

"그들이 이곳에는 무슨 일로……."

"저도 솔직히 그 속은 잘 모르지만……."

엄승도는 약간 붉게 상기된 얼굴로 신마대주와 흑풍대주를 바라보며 입을 열었다.

"한 가지 확실한 것은 그녀는 이득이 없으면 절대 움직이지 않는다는 사실입니다."

냉하영은 분명 이곳에 이득이 있기 때문에 찾아왔다.

그것이 무엇일지는 직접 만나 봐야 알 수 있을 터.

엄승도는 흑풍대주, 신마대주와 함께 냉하영을 만나러 가면서 제발 그녀가 좋은 의도로 찾아왔기를 간절히 빌었다.

*　　　*　　　*

초류향은 전면의 산을 막아서고 있는 북해빙궁과 남만야수문을 보며 고개를 끄덕였다.

"정말이었군."

"예, 교주님."

팔대 호법을 비롯하여 운휘와 노진녕은 전면을 막아선 채 움직이지 않고 있는 적들을 물끄러미 바라보았다.

그들의 얼굴에는 의외로 여유로움이 가득했다.

"냉하영의 말대로라면 저들은 조만간 길을 열어 줄 겁니다."

초류향이 말을 하자 주 호법이 고개를 끄덕였다.

"그렇다면 괜한 힘을 뺄 필요는 없겠지요. 지금은 저들과 싸워야 할 때가 아닙니다, 교주님."

"일단 냉하영이 말했던 대로 하루나 이틀 정도는 침착하게 기다려 보도록 하겠습니다."

냉하영이 보내온 서찰.

그곳에는 앞으로 벌어질 일들에 대해 자세하게 적혀 있었다.

그녀는 남만야수문과 북해빙궁이 움직일 것을 예견했고, 정말로 그들이 천마신교의 앞을 막아섰다.

"한데 흑월회를 믿고 십만대산을 맡겨도 되겠습니까, 교주님?"

우 호법이 살짝 걱정스럽게 묻자 초류향은 잠시 고민했다.

그리고 입을 열었다.

"지금으로썬 우리가 서두른다고 하더라도 시간에 맞춰서 십만대산에 도착하는 것은 불가능합니다. 그렇다면 그녀의 제안대로 최대한 전력을 보존하면서 퇴각하는 게 옳습니다."

"흑월회가 황실을 막을 수 있겠습니까?"

이것이 가장 중요했다.

초류향이 냉하영의 제안대로 무리하지 않고 천천히 회군하며 전력을 온전하게 보존하는 것까지는 좋았다.

문제는 십만대산이다.

아무리 쥐어짜 내어도, 현재 십만대산에는 황실에서 오는 화경의 고수를 막아 낼 전력이 없었다.

"냉하영은 저와의 거래에서 신뢰가 얼마나 중요한지 잘 알고 있는 사람입니다. 때문에 무슨 수를 써서라도 황실을 막아 낼 겁니다."

그녀가 직접 나선 일이다.

그렇다면 상대방의 전력이 어떻든 관계가 없었다.

무슨 짓을 해서라도 막아 낼 테니까.

'그리고…….'

정말로 그녀가 십만대산을 지켜 준다면, 차후에 그 대가로 무엇을 요구하든 들어줘야만 할 것이다.

'참으로 터무니없는 거래 방식이다.'

솔직히 말하자면 이것은 전혀 냉하영답지 않은 거래 방법이었다.

서로에 대한 신뢰나 믿음을 기반으로 하는 거래라니…….

확실하지 않은 보상을 위해 움직이는 냉하영은 상상하기 어려웠다.

하지만 이 거래가 무사히 성사된다면 초류향은 냉하영을 믿을 수 있게 될 것이다.

그러면 그녀가 어떤 요구를 하든 들어줄 수도 있을 터.

'일단은 믿는다.'

초조하지 않다고 한다면 그것은 거짓말이다.

하지만 일단 그녀의 말을 믿기로 했으니 약속한 대로 움직여 줄 생각이었다.

초류향은 그녀의 제안대로 최대한 강호의 시선을 끌면서 천마신교로 복귀할 생각이었다.

그래야 냉하영이 세운 계획이 완전하게 이루어질 수 있었으니까.

그때.

저 멀리 떨어져 있던 적들 사이에서 누군가가 느긋한 걸음으로 앞으로 나왔다.

초류향이 가만히 지켜보자 그는 친근하게 손을 흔들며 말을 걸었다.

"여어, 우리 교주님. 초류향이라고 했던가? 가까이에서 얼굴이나 한번 봅시다."

적혈명이었다.

북해빙궁의 후계자가 직접 앞으로 나선 것이다.

"저, 저저……! 저 후레자식이 지금 감히 누구 이름을 함부로 부르는 거냐? 엉?"

우 호법이 크게 분노한 얼굴로 자리에서 벌떡 일어설 때.

초류향은 그를 달래며 입을 열었다.

"저를 찾아온 손님입니다."

적혈명은 고수였다.

그것도 거의 삼황에 근접한 고수.

'아니, 삼황급이려나?'

초류향은 눈을 가늘게 뜨고 적혈명을 바라보았다.

놀랍게도 저자는 과거에 보았을 때보다 더욱 강해지지 않았는가?

적혈명은 얼마 전 검황 백무량에게 죽을 뻔한 이후 무공이 급상승해 있었다.

그의 전력을 가늠해 보던 초류향은 고개를 끄덕인 후 앞으로 한 걸음 내디뎠다.

적혈명과 초류향.

다음 세대의 주인들이 그렇게 정면으로 첫 만남을 가진 것이다.

＊　　＊　　＊

엄승도는 성문 위에 서서 아래를 내려다보며 복잡한 얼굴을 해 보였다.

혈뢰문은 어떤 상황에서도 함부로 열 수 없었다.

특히 상대가 외부의 사람이라면 더더욱 그렇다.

'어떻게 해야 할까?'

그가 고민하고 있을 때.

흑월회 무리의 가장 선두에 서 있던 냉하영이 죽립을 벗으며 입을 열었다.

"흑월회는 천마신교의 아군입니다. 이미 교주님께도 이야기가 되었지요."

"그런 연락을 받은 기억이 없습니다만……."

"물론 그렇겠지요. 하나 조만간 알게 될 겁니다."

이 말을 그냥 믿는 것은 바보들이나 하는 짓이다.

엄승도가 팔짱을 끼고 고민에 빠져 있을 때.

냉하영이 입을 열었다.

"그럼 함께 온 병력들은 이곳에 두겠습니다. 그렇다면 안에 들어가게 해 주시겠습니까?"

엄승도가 곤혹스러운 얼굴로 양옆을 바라보았다.

신마대주와 흑풍대주의 의견을 구하는 것이다.

"냉하영 혼자 들어오는 것이라면 괜찮지 않겠습니까?"

엄승도가 묻자 신마대주와 흑풍대주는 고개를 끄덕였다.

냉하영이 유명한 것은 무공보다도 머리를 쓰는 것이 비상하기 때문이다.

그녀의 무력은 기껏해야 일류에서 이제 막 절정으로 접어든 수준.

무력만으로는 전혀 위험하지 않았다.

"그럼 혈뢰문을 열겠습니다."

"그렇게 하시오."

흑풍대주가 말하자 엄승도는 손을 들어 올렸다.

그그그긍—

거대한 성문이 열리고 그 안으로 냉하영이 걸어 들어갔다.

천마신교의 천 년 역사상 단 한 번도 부서진 적이 없다고 알려진 혈뢰문이다.

천마신교의 고고한 자존심 그 자체인 것이다.

'뭐, 그것도 내가 오지 않았으면 부서졌겠지만…….'

어찌 되었건 그녀는 천마신교를 돕기로 약속했다.

그랬기 때문에 이번에도 혈뢰문은 부서지지 않을 것이다.

그녀가 안으로 들어가자 혈뢰문이 다시금 묵직한 소리와 함께 닫혔다.

엄승도는 문 안으로 걸어 들어오는 냉하영을 맞이하며 흐릿하게 웃었다.

"예전에도 그랬지만 여전히 자신감이 대단하십니다. 본 교에 이렇게 혼자서 걸어 들어온 외부인은 손에 꼽습니다."

"그래요?"

"예."

"영광이네요."

냉하영은 빙긋 웃으며 걸음을 옮겼다.

그러면서 입을 열었다.

"시간이 없으니 걸어가면서 회의를 시작하도록 하죠."

"예?"

"황실의 고수를 막아야 할 거 아니에요?"

"그건 그렇지만……."

그녀가 데려온 고수들은 기껏해야 백 명이다.

저 정도면 화경의 고수 한 명을 상대하기도 벅찼다.

냉하영은 주변을 둘러보며 입을 열었다.

"현재 천마신교의 전력은 어떻게 되죠? 절정 고수의 숫자만 말하는 거예요. 최대한으로 끌어모았을 때의 숫자를 말해 주세요."

엄승도는 흑풍대주와 신마대주를 힐긋 바라보았다.

지금 상황에서 전력을 곧이곧대로 다 알려 주는 게 옳은 일일까?

약간의 갈등과 함께 엄승도는 입을 열었다.

"신마대와 흑풍대의 전력을 다 모으면 절정 고수의 숫자는 대략 백오십 명 정도 될 겁니다. 거기에 원로원의 손을 빌린다면 아마 삼백에서 사백 명이 되겠죠."

"넉넉하군요."

"예?"

냉하영은 여유로운 웃음을 입가에 그리며 길가에 있는 바위에 걸터앉았다.

"저는 최악의 경우 혼자서라도 황실을 막아 낼 생각을 하고 왔거든요."

"그게 무슨……."

고작해야 백 명이다.

그것으로 뭐 어쩌겠다는 말인가?

상대방은 황실에서 고르고 고른 정예들.

절정 고수가 오백 명 이상에 화경의 고수가 네 명인데?

이 정도 병력 차이면 전략과 전술이 무의미했다.

"제가 이곳에 혼자 들어온 게 이상하지 않으세요?"

"……."

엄승도는 눈을 가늘게 떴다.

확실히 이상했다.

이쪽을 어떻게 믿고 이렇게 태연하게 혼자서 안으로 들어온 것일까?

거기까지 생각한 엄승도는 얼굴을 찡그리며 입을 열었다.

"과거에 당신을 죽일까 말까 고민했을 때 어둠 속에서 저를 막아서는 사람이 있었습니다. 설마 지금도 같이 온 겁니까?"

냉하영은 미소 지었다.

엄승도가 말하는 사람은 분명 시엽일 것이다.

하지만 지금 이 장소에는 시엽만 있는 것이 아니다.

"그분도 계시지만 다른 분도 이곳에 있지요."

신마대주와 흑풍대주는 긴장했다.

그들의 감각을 속일 정도의 은신술.

그렇다면 최소한 자신들과 동급이거나 그 이상이라는 말이었다.

"할아버지, 이제 모습을 드러내셔도 될 것 같아요."

"하, 할아버지?"

엄승도는 눈을 부릅떴다.

냉하영의 할아버지가 누군가?

삼황 중 하나.

흑월야황 냉무기가 아닌가?

'농담이겠지.'

장난이 지나치다.

그는 이미 은퇴하지 않았던가?

하나 엄승도는 냉하영의 오른쪽에서 불쑥 등장한 노인을 보고 귀신이라도 본 것처럼 소리쳤다.

"흐, 흑월야황 냉무기!"

삼황의 한 명.

이미 전설이 되어 버린 고수.

그가 이곳에 있다니?

"이제 제가 혼자서라도 황궁을 상대하려고 했다는 말을 믿을 수 있겠지요?"

엄승도도, 신마대주도, 흑풍대주도.

아무런 말을 내뱉지 못했다.

적과 아군을 떠나서 흑월야황 냉무기라는 위대한 무인을 마주하자 할 말을 잃어버린 것이다.

'유일하게 공손천기 교주님과 비견되는 고수.'

삼황의 하나인 검황은 공손천기가 공식적으로 무참하게 박살 내 버렸지만, 야황은 아니었다.

그는 아직도 살아 있는 전설인 것이다.

다행히 제일 먼저 정신을 차린 것은 엄승도였다.

그는 필사적으로 머리를 굴렸다.

그리고 조심스럽게 입을 열었다.

"야황 어르신 말고도 이곳에 한 분 더 계신 것으로 알고 있습니다만……."

그들의 감각을 속인 사람은 야황만이 아니었다.

야황만 해도 전력 면에서는 이미 충분하고도 넘쳤지만, 한 명이 더 있다고 하니 이번 기회에 그의 얼굴도 확인해 둘 참이었다.

엄승도는 여기까지 생각한 자신이 너무도 기특했다.

냉하영은 그런 엄승도의 흐뭇한 표정을 읽고 나서 피식 웃었다.

"좋아요. 서로의 믿음을 위해 보여 드리죠."

냉하영이 조심스러운 태도로 입을 열었다.

"내키지 않으시겠지만 모습을 보여 주시겠어요, 시엽 님?"

그녀의 말이 떨어지기가 무섭게 왼쪽에서 어떤 잘생긴 미남자가 등장했다.

그를 바라보던 엄승도와 흑풍대주, 신마대주는 동시에 깜짝 놀랐다.

"화경의 고수?"

"예. 다행히 보는 눈이 있으시군요."

엄승도는 마른침을 삼켰다.

냉하영은 정말로 천마신교의 도움 없이도 황궁을 막을 만한 전력을 데려온 것이다.

이렇게까지 확실한 전력을 보여 주니 엄승도는 오히려 의심이 생겼다.

"대체 무엇 때문에 이렇게까지 하는 겁니까?"

"순수한 호의라고 하면 믿지 않겠죠?"

"당연합니다."

그녀가 그저 시엽이라는 화경의 고수만 데려왔다고 해도 못 믿을 판이었다.

한데 야황 냉무기라는 최강의 고수까지 데려오다니…….

이건 그만큼 얻어 갈 것이 많다는 소리가 아닌가?

"저는 이번 싸움에서 크게 두 가지를 얻어 갈 수 있어요."

"그게 무엇입니까?"

"일단 천마신교 교주님의 신뢰겠지요. 이건 당연히 신뢰에 따라오는 보상까지 포함해서 말하는 거예요."

엄승도는 고개를 끄덕였다.

당연한 말이다.

그녀가 무엇을 요구할지, 천마신교가 어떤 보상을 하게 될지는 모르겠지만 그들은 절대 은혜를 잊지 않는다.

'물론 원한도 잊지 않지만…….'

어찌 되었든 흑월회의 도움으로 이런 큰 위기를 극복한다면 그 보상 역시 엄청날 터.

여기까지는 우선 납득이 되었다.

"다른 한 가지는 무엇입니까?"

냉하영은 가만히 하늘을 바라보았다.

그리고 자신의 머리카락을 가볍게 만지작거리며 말했다.

"전 이번 일을 계기로 황실이 다시는 강호를 넘보지 못하게 할 생각이에요."

"……!"

"그들이 강호의 일 하나하나에 간섭하게 된다면 그것만큼 어렵고 힘든 것은 없어요. 이번 기회에 그 싹을 확실히 자르는 게 제 두 번째 목표예요."

엄승도는 순간 멍하게 그녀를 바라보았다.

전혀 생각하지도 못했던 이야기였기 때문이다.

'대의인가?'

개인적인 이득이 아니라 다수를 위한 일.

그런 것을 소위 대의라고 부른다.

설마 냉하영의 입에서 그런 의미의 말이 나올 줄은 생각도 못 했기에 엄승도는 복잡한 심경이었다.

"이 정도면 납득하기에 부족하지 않겠지요?"

엄승도는 고개를 끄덕였다.

사실 그녀가 무엇을 의도했건 지금은 따라 줄 수밖에 없는 상황이었다.

냉하영은 몸을 일으키며 입을 열었다.

"저희가 이곳에 온 사실이 외부에 알려져선 안 돼요. 그러니까 어서 병력을 안으로 들어오도록 하고 싶은데, 괜찮겠어요?"

"음…… 그건 잠시 고민을……."

엄승도는 흑풍대주와 신마대주를 바라보았다.

그들은 잠시 서로의 눈을 보며 생각을 교환하다가 곧 한곳으로 시선을 돌렸다.

흑월야황 냉무기를 바라본 것이다.

냉무기를 바라보던 엄승도의 입가에 헛웃음이 떠올랐다.

"들어오도록 조치를 취해 드리겠습니다. 생각해 보니 야황 어르신이 이곳에 있는 이상, 흑월회 측에서 마음만 먹으면 저희들을 모조리 다 죽일 수도 있겠지요."

이왕 이렇게 된 이상, 그깟 절정 고수 백여 명쯤이야 언제 들어와도 상황은 똑같았다.

"그럼 제 계획을 들을 준비가 되셨다고 봐도 좋겠지요?"

냉하영은 빙그레 웃으며 그녀가 짜 놓은 계획을 설명해 주었다.

그리고 엄승도와 흑풍대주, 신마대주는 고개를 끄덕였다.

그녀의 계획대로 움직이기로 결정한 것이다.

*　　　*　　　*

초류향은 적혈명과 마주했다.

그리고 그 순간 깨달았다.

적혈명은 결코 함부로 대할 수 있는 고수가 아님을.

그의 깊은 잠재력이 전해져 오자 초류향은 자신도 모르게 미소 지었다.

"오랜만이군."

"어? 그거 내가 할 말인데?"

적혈명은 초류향을 바라보며 히죽 웃었다.

이거 정면으로 마주하니 생각했던 것보다 더한 괴물이 아닌가?

강자를 마주하자 심장이 두근거리며 흥분으로 크게 달아올랐지만 적혈명은 최대한 그 기분을 억눌렀다.

지금은 흥분하기보다 궁금증을 해결하는 것이 우선이었다.

"우리 교주님은 의외로 여유가 넘치는데? 우리가 예상하던 모습이랑 너무 달라."

초류향은 고개를 끄덕였다.

아마도 남만야수문과 북해빙궁은 천마신교가 격렬하게 달려들 것이라 예상했을 터.

'그래서 저런 식으로 진형을 꾸며 놓았겠지.'

초류향의 눈에는 똑똑히 보였다.

북해빙궁과 남만야수문이 정면에 펼쳐 놓은 그물망 같은 진형이.

천마신교가 급한 마음에 마구잡이로 달려들었더라면 치명상을 피할 수 없었을 것이다.

'전력을 보존하면서 후퇴한다는 판단은 현명했다.'

이렇게 잘 준비하고 있는 북해빙궁과 남만야수문을 지쳐 있는 상태에서 상대하려 했다면 아마도 엄청난 사상자가 발생했을 것이다.

무리하지 않고 천천히 후퇴하며 체력을 비축한 것은 정말로 적절한 판단이었다.

"정도맹과 거래를 했겠지?"

적혈명은 초류향의 갑작스러운 질문에 잠시 움찔했다가 고개를 끄덕였다.

이 부분에 대해서는 초류향도 냉하영에게 들은 것이 전혀 없었다.

하지만 이곳까지 오는 동안 초류향 나름대로 지금의 상황을 정리해 둔 것이 있었기에 그는 적혈명을 계속 압박할 수 있었다.

"이곳, 사천 땅을 선물로 받기로 했겠지. 어차피 이 땅은 본 교가 점령했던 곳이니까. 정도맹 입장에서는 여길 줘도 크게 손해나는 장사가 아니었겠지."

"정확해."

적혈명은 부정하지 않았다.

초류향의 말 그대로였으니까.

"그런데 대단히 무모하군. 본래 정도맹의 계획대로 되었다면 이건 너희들이 대단히 손해 보는 거래였다."

"글쎄? 어째서 그렇게 생각하지?"

적혈명이 이해가 안 된다는 얼굴을 해 보이자 초류향이 말을 이었다.

"우리와 정면으로 부딪친다면 그때 너희들이 입을 피해는 고작 사천성 하나로 만족할 수 없을 만큼 커지게 될 테니까."

"흐음……."

적혈명은 이번에는 긍정도 부정도 하지 않았다.

애초에 구휘와 적혈명은 천마신교가 매우 지쳐 있을 줄 알았다.

그리고 그들과 마주치는 순간 아무런 작전도 망설임도 없이 무식하게 달려들 것이라 예상했다.

'그런데…….'

실제로 마주하니 전혀 아니지 않은가?

초류향은 지나칠 정도로 여유로웠고, 뒤에 있는 병력들 역시 팔팔해 보였다.

예상했던 시간보다 사흘 가까이 늦는 동안 천마신교는 충분한 휴식을 취한 모양이다.

이런 경우 예상할 수 있는 것은 딱 한 가지뿐이다.

"우리 교주님께서는 전혀 급하지 않은 모양이지? 아니면 십만대산에 있는 전력만으로도 충분히 황실을 막아 낼 수 있다고 자신하는 건가?"

"그래, 자신한다. 그러니 굳이 우리가 서두를 이유가 없지."

적혈명은 볼을 씰룩거렸다.

궁금증은 해소되었지만 불쾌해졌던 것이다.

"그렇다면 다른 걸 물어보지."

적혈명의 손이 미묘하게 움직이는 순간.

그의 전신에서 사나운 기운이 터져 나왔다.

"우리 교주님은 지금 이곳에서 살아서 돌아갈 수 있을 것이라 생각하나?"

초류향은 웃었다.

이게 본론이었기 때문이다.

그 순간 적혈명의 손에서 사나운 빛기둥이 뿜어져 나왔다.

第三章

기회

이상한 일이었다.

태 공공은 활짝 열려 있는 성문을 흥미롭다는 얼굴로 바라보며 입을 열었다.

"우리보고 안으로 들어오라는 거겠지?"

"그런 것 같습니다, 태 공공."

옆에 있던 금위대장 피주흔이 동조하자 태 공공의 입가에 웃음이 걸렸다.

"자신감이 대단하네. 과연 마교라 이건가?"

그들이 제일 경계해야 할 대상은 교주 초류향이었다.

그의 무공 수위는 최소한 오제 이상.

최악의 경우 삼황급의 고수일 거라 판단되는 요주의 인물인 것이다.

'하지만 놈이 이곳에 없는 것은 확실하다.'

검황 백무량이 확실하게 일을 처리했다면 그가 이곳까지 도착하는 데에는 상당한 시간이 소요될 터.

물론 일이 생각대로 정말 잘 풀린다면 초류향은 백무량의 손에 죽어 버릴 수도 있었다.

'물론 백무량이 그런 고마운 짓을 할 리는 없겠지만……'

지금 상황에서 백무량이 초류향을 죽인다면 황실을 견제할 만한 막강한 세력이 줄어들게 된다. 백무량 역시 그 사실을 잘 알고 있을 터.

그는 분명 어떻게든 초류향을 살려 보내서 황실의 힘을 억제하려고 할 것이다.

'뭐 어찌 되었건 그쪽은 상관없겠지.'

지금 문제는 초류향이 아니었다.

활짝 열려 있는 성문을 보며 태 공공은 눈을 가늘게 떠 보였다.

'대체 뭘 믿고 이러는 거지?'

이해할 수 없었다.

고민하는 태 공공의 곁으로 구양봉이 웃으며 다가왔다.

"흔한 공성계(空城計, 빈 성을 일부러 드러내 보여 적을 혼란에 빠뜨리는 전략)군요."

"구양봉 어르신께서는 저것이 공성계일 것이라 보십니까?"

"그렇지 않겠습니까, 공공? 현재 천마신교에는 교주가 없습니다. 그리고 교주가 없는 천마신교는 저희가 두려워할 필요가 없지요."

태 공공은 구양봉의 말에 희미하게 웃어 보였다.

그랬다. 가장 중요한 것은 초류향이 이곳에 있느냐 없느냐였다.

그리고 그들은 그 중요한 정보를 이미 확실하게 알고 있지 않은가?

"돌입하도록 하지요."

구양봉은 고개를 끄덕였다.

자신을 비롯한 화경의 고수 네 명이 맡은 역할은 굉장히 컸다.

최대한 전력에 피해가 없도록 가장 앞에서 전선을 휘젓고 다녀야
했던 것이다.

'마교라……'

강호에 몸담고 있는 이들이라면 마교의 이름만 들어도 자다가 벌떡
일어나서 벌벌 떨 정도였다.

오늘 그곳을 무너뜨린다고 생각하니 황실에서 온 고수들은 모두 크
게 흥분했다.

"가자."

태 공공이 흥이 오른 얼굴로 가장 앞장서서 걸어가자 황실에서 온
고수들이 그를 뒤따랐다.

그렇게 황실의 고수들은 자신들도 모르는 사이에 냉하영의 계략에
걸려들게 되었다.

*　　　*　　　*

"계획은 아주 쉽고 간단해요."

냉하영은 주변을 둘러보며 입가에 미소를 그렸다.

오늘부로 황실은 두 번 다시 강호를 넘보지 못하게 될 것이다.

'목표는 몰살.'

냉하영은 황실의 정예 고수들을 이곳에서 모조리 죽여 없앨 생각이었다.

그랬기에 이 싸움에서 제일 먼저 해야 할 일은 황실 고수들이 도망칠 길을 완전히 끊어 버리는 것.

"적들을 최대한 깊숙하게 유인해야 합니다. 최소한 이곳까지는 와야겠지요."

냉하영이 말하는 곳은 천마신교의 고수들이 단체로 무공을 수련하는 연무장이었다.

"장소도 넓고 탁 트인 공간이니 적들도 안심할 겁니다. 여기에서 처음으로 교전을 벌여야 합니다."

흑풍대주와 신마대주가 서로의 얼굴을 바라보았다.

그리고 머뭇거리다가 입을 열었다.

"병력의 수준은 어느 정도면 되겠소?"

"전 병력을 동원하세요. 어차피 적들은 이곳에 도착하는 순간부터 전의를 상실하게 될 테니까."

"흑월야황 어르신께서 처음부터 움직여 주시는 거요?"

냉하영은 고개를 끄덕인 후 그녀의 할아버지를 바라보며 입을 열었다.

"황실은 흑월회의 움직임에 신경 쓰지 못한 것을 평생 후회하게 될 것입니다."

첫 싸움에 적 전체 전력의 팔 할 이상을 박살 내야만 한다.

그 이후로는 도망치거나 포위망을 뚫고 숨으려는 적들을 쫓아가는 추격전 양상이 될 터.

두 번째 전투는 천마신교 전체가 전장이 될 것이다.

그리고 이곳 내부의 지리를 잘 모르는 이상.

황실 측에는 아무런 승산이 없었다.

'도망치지 못해. 절대로.'

천마신교의 장점은 바로 십만대산 전체가 두터운 성벽으로 둘러싸여 있다는 점이다.

밖에서 들어오기도 어렵지만 밖으로 나가기는 더더욱 어려운 곳이 천마신교였다.

냉하영은 그 점을 최대한으로 활용할 작정이었다.

'이곳까지 오는 순간, 황실은 끝난 거야.'

그리고 황실은 냉하영의 계획대로 아무것도 모르고 천천히 내부로 들어오고 있었다.

"너무 조용해."

"……무슨 속셈일까요?"

태 공공의 얼굴이 점점 딱딱하게 굳었다.

공성계는 성공했을 경우 적의 의표를 찌르고 효과적인 성과를 거둘 수 있지만, 실패했을 경우 너무나 큰 타격을 받게 되는 전략이었다.

태 공공은 내부로 들어오는 순간부터 무언가 일이 잘못되어 가는 것을 느꼈다.

하지만 멈출 수도 없는 노릇이었다.

'오냐, 네놈들이 무슨 개수작을 부려 놨는지 어디 한번 보겠다.'

함정이라는 것은 이미 알았다.

하지만 물러설 수도 없었기에 그냥 가는 것이다.

황실의 모두가 그렇게 생각할 때.

저 멀리에 엄청난 숫자의 고수들이 모여 있는 게 느껴졌다.

"멍청이들."

태 공공은 연무장에 모여 있는 적들을 보며 얼굴에 화색을 띠었다.

적들의 작전이나 함정이 아직 신경 쓰이긴 했지만 이제 그것은 중요하지 않았다.

그들은 화경의 고수.

그들을 상대하면서 저렇게 탁 트인 공간에 우글우글 몰려 있는 것은 정말로 어리석은 생각이 아닌가?

숫자가 아무리 많더라도 한순간에 죽여 없애 버릴 수 있었다.

태 공공이 손을 들어 올려 막 공격을 지시하려 할 때.

누군가가 그의 손을 잡아챘다.

"고, 공공!"

"무슨 일이십니까, 구양봉 어르신."

불쾌한 기색이 역력한 얼굴로 태 공공이 구양봉을 돌아보니, 구양봉의 시선은 그들이 지나온 뒤쪽을 향해 있었다.

그 시선이 머무는 곳을 따라가자 무덤덤한 얼굴의 노인이 의자에 앉아 있는 게 보였다.

'저게 뭐?'

태 공공은 처음에는 뭐가 문제인지 알 수 없었다.

그러다 그 노인이 누구인지 깨닫고는 새하얗게 질린 얼굴로 입을 열었다.

"흑월야황!"

단순히 닮은 사람이라거나 착각을 했다곤 말할 수 없었다.

갑자기 흑월야황의 전신에서 막대한 기세가 뿜어져 나왔기 때문이다.

"그 아이가 뛰어난 줄은 알았지만 정말 놀랄 정도로군."

실로 모든 그림을 정확하게 예측하지 않았던가?

흑월야황은 저 먼 곳 어디선가 몸을 숨긴 채 상황을 지켜보고 있을 손녀 냉하영을 떠올리며 의자에서 몸을 일으켰다.

단순히 몸을 일으켰을 뿐인데, 황실에 속한 화경의 고수들은 일제히 뒤로 서너 걸음 물러섰다.

다른 자들은 모르겠지만, 그들에게는 엄청난 압박감이 덮쳐 왔던 것이다.

'크, 큰일이다.'

흑월회가 이번 일에 개입했으리라고는 전혀 예상하지 못했다.

그들은 이득이 없는 일에는 절대 움직이지 않는 단체.

'아니, 흑월회 따위가 무서운 게 아니다, 이건······.'

태 공공은 낮게 이를 갈았다.

설령 이곳에 흑월회의 모든 고수가 있었다 해도 황실은 두려워하지 않았을 것이다.

단 한 사람.

흑월회에서 유일하게 두려워해야 할 사람이 바로 지금 이 자리에 있기 때문에 태 공공은 공포에 질려 있었다.

"어째서…… 야황이 이곳에 있는 것이냐?"

태 공공이 식은땀을 뻘뻘 흘리며 입을 열자 흑월야황은 특유의 무표정한 얼굴로 그를 바라보았다.

"이게 흑월회의 뜻이다."

"마교와 뜻을 함께했다는 거냐?"

"그래."

"황실에서 가만히 두고 볼 것이라 여기느냐?"

복수를 의미하는 것이다.

태 공공은 자신의 위협이 조금이라도 상대방에게 먹혀들기를 기도했다.

하나…….

그 말을 들은 흑월야황의 얼굴에 그에게서는 좀처럼 보기 힘든 감정 변화가 떠올랐다.

그것은 너무도 선명한 색깔의 비웃음이었다.

"너는 네가 이곳에서 살아 돌아갈 것이라 믿느냐?"

"……!"

"복수는 살아 돌아간 다음에나 생각해 봐라."

그 말을 끝으로 야황이 움직였다.

그가 움직이는 그 순간, 황실 고수들 사이에서 비명이 터져 나왔다.

'빌어먹을!'

태 공공은 필사적으로 머리를 굴렸다.

아무리 그도 화경의 고수라지만 삼황급의 고수에게는 통하지 않았다.

겨우겨우 그 공격을 느끼고 피하는 것이 고작이니까.

대장군 척계광.

그가 있을 때 확실히 느끼지 않았던가?

삼황급의 고수는 같은 화경의 고수라 묶여 있어도 그 격이 월등히 다른 존재들이었다.

'어떻게든 살아남아야 한다.'

어떻게 살아야 할까?

필사적으로 머리를 굴리자 하나의 희망이 떠올랐다.

태 공공은 곧장 주변에 있는 화경의 고수들에게 전음을 날렸다.

『잠깐 동안만 시간을 끌어라. 내가 공격할 수 있는 단 한 번의 기회를 위해서.』

묵혼과 피주흔, 구양봉은 움찔했다.

그들 역시 눈치를 보며 피할 생각만 하고 있었기 때문이다.

『다들 화승총을 잊었나? 이건 그 위력을 시험해 볼 수 있는 소중한 기회다.』

모두의 얼굴이 복잡하게 일그러졌다.

그게 정말 통할까?

막상 삼황급의 고수와 마주하자 자신감이 급격하게 떨어졌던 것이다.

게다가 아직 더 개량을 해야 한다고 하지 않았던가?

『어서! 시간이 더 지나면 그럴 기회조차 없어진다.』

묵혼은 태 공공의 채근에 입술을 깨물었다.

태 공공, 저놈은 마음에 안 드는 환관이긴 했지만 지금 이 순간만큼은 저놈이 하는 말이 옳았다.

'간다.'

거꾸로 생각해 보면 저런 초고수랑 겨룰 수 있는 기회가 언제 또 오겠는가?

묵혼은 그렇게 공포에 질리려는 마음을 다독이며 야황을 향해 몸을 날렸다.

*　　　*　　　*

콰아아앙—!

초류향은 자신의 옷깃을 스치며 지나간 강기를 바라보면서도 전혀 움직이지 않았다.

적혈명은 그런 초류향을 바라보며 입을 열었다.

"이거 장난이긴 했지만 아무 반응이 없으니 재미가 없네?"

초류향은 무덤덤한 얼굴로 적혈명을 바라보며 말했다.

"그쪽도 바보가 아니니까 지금 나와 싸우면 손해라는 걸 알았겠지."

"그래, 지금 너와 싸우면 좋아할 놈들이 갑자기 생각나서 말이야."

지금 싸우면 먼 곳에 있는 정도맹 놈들만 좋아할 것이다.

자신들의 계략이 통했다는 사실에 희열을 느낄 터.

'남 좋은 일은 죽어도 못 하지.'

본래 놈들과 했던 거래 내용은 충실하게 이행한다.

하나 그 이상을 하는 것은 비용에 비하면 분명 손해나는 장사였다.

게다가 눈앞에 있는 교주 초류향.

이놈을 확실하게 죽일 수 있다는 보장이 없었다.

그런 상황에서 굳이 막대한 위험을 감수할 필요가 있을까?

'이놈과는 나중에 또 붙어 볼 기회가 있을 테니까.'

적혈명은 거기까지 생각하다가 피식 웃었다.

그리고 뒤를 돌아보며 말했다.

"뭐, 나야 이성적인 사람이니까 여기까지만 하고 넘어갈 수 있다지만 저 덩치 큰 놈은 아닐 수도 있다."

초류향이 적혈명의 시선을 따라가 보자 그곳에는 자신을 내려다보고 있는 구휘가 서 있었다.

"저 덩치는 우리 교주님에게 상당한 원한이 있거든. 그쪽 덕분에 집안에서 쫓겨날 뻔했으니까."

적혈명이 속삭이듯이 이야기하자 저 멀리 서 있던 구휘의 얼굴이 작게 찡그려졌다.

쓸데없는 말을 한다고 여긴 것이다.

초류향은 구휘를 바라보았다.

그리고 말했다.

"그쪽은 나를 막을 생각인가?"

구휘는 아무 말도 없이 초류향을 응시했다.

구휘 역시 복잡한 표정이었다.

적혈명이 이렇게 물러설 줄 알았다면 처음부터 자신이 나서서 저놈을 박살 내는 것인데…….

'지금 나서면 완전히 정도맹의 농간에 놀아나는 꼴이 아닌가?'

나가야 할 시기를 놓쳐 버리자 이제 와서 나서기도 애매해져 버렸다.

잠시 하늘을 보며 생각에 잠겨 있던 구휘는 곧 초류향을 바라보며 입을 열었다.

"너와는 언제고 붙을 기회가 있겠지."

초류향은 빙그레 웃었다.

적혈명도 그렇지만 구휘도 역시 만만하게 볼 상대가 아니었다.

둘 모두 지금 초류향과 마찬가지로 싸우고 싶다는 투쟁심이 몸 안에서 끓어오르고 있었다.

하지만 그들은 단순히 힘만 앞세우는 고수가 아니었다.

이성적으로 주변을 파악할 줄도 알았던 것이다.

지금 싸우는 것은 대단히 어리석은 짓이었다.

'이길 수 있다는 확신이 없으니까.'

그들과 초류향은 무력 수준에 거의 차이가 없었다.

그만큼 적혈명과 구휘 역시 엄청난 시간 동안 철저하게 스스로를 담금질해 온 것이다.

초류향으로서도 만약 싸움이 벌어진다면 둘을 한꺼번에 상대할 자신이 없었다.

'물론 둘 다 한꺼번에 덤벼들 마음도 없겠지만.'

초류향은 뒷목을 주물럭거리며 입을 열었다.

"언제까지 앞을 막아서기로 약속했지?"

"오늘 밤 자정까지."

"그랬군. 그렇다면 그때까지 기다리도록 하지."

초류향은 고개를 끄덕인 후 뒤로 돌아서서 다시 천마신교의 본진으로 돌아가기 위해 발걸음을 옮겼다.

그러자 그 뒷모습을 바라보던 적혈명이 입을 열었다.

"정말 십만대산이 황실의 힘을 막아 낼 수 있을 거라고 생각하는 건가, 교주는?"

초류향은 고개를 끄덕였다.

냉하영이 진심으로 움직이고 있었다.

그녀가 대단히 명석하고 우수하다는 것은 다른 누구보다도 초류향이 가장 잘 알고 있는 사실.

'그런 사람이 진심을 다한 계책을 짜 놓았다.'

게다가 상대방의 태도를 보아 하니 그녀가 움직였다는 사실조차 까마득히 모르고 있지 않은가?

그렇다면 이건 뚜껑을 열어 보지 않아도 이미 결정 난 승부였다.

초류향은 천마신교의 본진으로 돌아가 느긋한 얼굴로 기다렸다.

그리고 자정이 되는 순간 자리에서 일어났다.

"이제 가면 됩니다."

초류향이 입을 여는 순간 눈앞을 가득 메우고 있던 북해빙궁과 남만야수문의 병력이 썰물처럼 물러나고 있었다.

천마신교는 그런 그들 사이를 유유히 빠져나가기 시작했다.

'이제 곧 십만대산에 도착하게 될 것이다.'

초류향은 제발 그곳에서 냉하영의 도도한 얼굴을 볼 수 있게 되기를 간절하게 빌었다.

第四章

냉무기의 신위

　태 공공이 익힌 '규화보전'은 강호에서도 보기 드문, 아주아주 특이한 무공이었다.

　오로지 남성만을 위해 만들어진, 그러나 역설적으로 보통의 남성은 익힐 수가 없는 무공인 것이다.

　'거세'한 남성만이 익힐 수가 있는 무공.

　그것이 바로 규화보전이다.

　규화보전은 대가가 큰 만큼 그 위력이 상상을 초월했다.

　강호에서 가장 강력한 칠대 무공 중 하나로 당당히 이름을 올리고 있었으니까.

　그 규화보전을 극성까지 익힌 태 공공이 지금 화경의 고수이자 삼황 중의 한 명을 죽이려고 마음먹었다.

'침착해라.'

사실 별로 어려운 일도 아니었다.

단 한 발만 제대로 맞히면 끝나는 승부였으니까.

흑월야황 냉무기.

아무리 그가 천하에서 유명한 고수라지만 그 역시 총을 맞으면 죽는다.

'맞히기가 불가능에 가까워서 그렇지…….'

그래도 무슨 수를 써서든 맞혀야 했다.

안 그러면 그들이 이곳에서 죽을 판이니까.

태 공공은 수하가 가져온 총을 은밀하게 쥔 채 총알을 만지작거렸다.

그러자 그의 손끝에서 명주실처럼 가느다란 기운이 뿜어져 나와 총알에 촘촘하게 스며들었다.

'경화술(硬化術).'

규화보전에 있는 가장 핵심적인 무공이었다.

물체를 기공으로 감싸 천하에서 가장 가볍고 단단하게 만들어 주는 것이다.

경화술을 극성까지 익히게 되면 작은 돌멩이로 강기마저도 부숴 버릴 수 있게 된다.

'이게 일 단계지.'

태 공공은 총알을 총구에 집어넣은 후 잠시 숨 고르기를 했다.

그가 개량한 총은 매우 특별했다.

보통의 화승총보다 화약의 양이 스무 배는 많이 들어가는 총이었다.

이렇게 비정상적으로 많은 화약이 들어간 경우, 보통은 발사 순간 총이 그 자리에서 폭발해야 정상이었다.

하지만 태 공공은 그 엄청난 폭발력을 규화보전상의 무공으로 찍어 눌렀다.

'그게 이 단계.'

엄청난 화약의 폭발력을 고스란히 총알에 응집시키자 놀라운 결과를 얻을 수 있었다.

소리도, 기척도 없는 어마어마한 파괴력의 탄환이 만들어진 것이다.

'그럼 전설상의 괴물을 사냥해 볼까?'

화경의 고수는 모두 네 명.

현실적으로는 그들이 작정하고 덤벼도 삼황 한 명을 당해 내기 어렵다.

피하는 게 고작일 테니까.

'하지만 시간 벌기는 되겠지.'

태 공공은 손을 늘어뜨린 채 소맷자락 속으로 총을 숨겼다.

동시에 총알이 바닥으로 떨어지지 않게 내력을 조절해 가며 조용히 빈틈을 엿보고 있었다.

'기회는 단 한 번.'

태 공공은 혀를 길게 내밀어 입술을 핥았다.

고작해야 콩알만 한 탄환.

한데 지금은 이 작은 탄환에 그의 생사가 달려 있었다.

'어서 기회를 만들어 줘라, 머저리들.'

묵혼을 비롯하여 황실에 속한 세 명의 화경 고수.

그들은 황실의 절정 고수들을 학살하고 있는 냉무기에게 차츰 접근해 가기 시작했다.

*　　*　　*

냉하영은 십만대산의 성벽 위에 서서 아래를 내려다보며 고개를 갸웃거렸다.

'이상해.'

계획은 완벽했다.

황궁의 움직임은 완전히 막혔으니까.

우선 천마신교의 병력들이 정면에서 그들의 진로를 가로막고, 뒤에서부터 냉무기가 쳐들어간다.

'여기까지는 문제가 없어.'

한데 무언가가 미묘하게 거슬렸다.

그게 뭘까?

냉하영은 얼굴을 찡그린 채 꺼림칙한 느낌의 실체를 파악하기 위해 애썼다.

주변을 둘러보며 문제점을 찾고 있던 냉하영의 눈에 특이한 것이 걸렸다.

그리고 그제서야 냉하영은 무엇이 그렇게 마음에 걸렸는지 알게 되었다.

'화경의 고수들이 도망가지 않고 맞서 싸운다?'

냉하영은 자신의 큰 눈을 빠르게 깜빡거렸다.

그녀의 할아버지 흑월야황 냉무기.

본래라면 그를 보는 순간 화경의 고수들은 전부 다 도주를 감행했어야 옳았다.

그나마 도망쳐서 목숨이라도 건질 가능성이 있는 건 그들뿐이니까.

한데 그들은 오히려 아주 미묘하게 흑월야황의 주변을 압박해 가기 시작했다.

'확실히 이상해.'

화경의 고수가 넷.

언뜻 보기엔 해볼 만한 승부라고 볼 수도 있다.

하지만 냉하영은 알고 있었다.

화경의 고수가 분명 대단한 존재이긴 하지만 삼황급의 고수와는 그 격이 달랐다.

'그걸 모를 리가 없을 텐데……'

삼황이 단순히 머릿수로 어떻게 되는 정도의 경지였다면 그들이 괜히 천하를 쥐락펴락할 수는 없었을 것이다.

'분명 무언가 꿍꿍이가 있어.'

불쾌한 향기가 사방에서 진동했다.

때문에 냉하영은 모든 감각을 날카롭게 세워서 전체적인 그림을 다시 그려 보고 있었다.

그러던 어느 순간.

냉하영은 자신도 모르게 입을 크게 벌리며 소리쳤다.

"시엽 님!"

"예. 말씀하십시오."

"지금 당장 저자를 막아 주세요."

시엽은 냉하영이 손가락으로 가리키는 상대를 유심히 바라보다 입을 열었다.

"태 공공이라는 자를 말씀하시는 겁니까?"

"네. 저자가 이번 승부의 열쇠를 쥐고 있어요."

냉하영은 확신했다.

흑월야황을 향해 전진해 가는 다른 화경의 고수들과는 다르게 저자는 뒤에 서서 조용하게 무언가를 준비하고 있었다.

'빈틈을 노리고 있어.'

할아버지인 흑월야황 냉무기가 빈틈 따위를 보일 리는 없겠지만 만약의 사태는 대비하는 것이 옳았다.

그러기 위해서 여태껏 시엽이라는 비장의 패를 외부에 공개하지 않았던 것이니까.

냉하영은 시엽이 제자리에서 사라져서 성벽 아래로 그림자처럼 내려가는 것을 지켜보았다.

'너무 멀리 있었나?'

안전을 위해 너무 거리를 둔 것이 마음에 걸렸다.

냉하영은 초조한 얼굴로 한창 격전이 벌어지고 있는 곳을 지켜보고 있었다.

*　　　*　　　*

　냉무기는 손을 한 번 휘저었다.

　그러자 눈에 보이지도 않는 내력이 뿜어져 나가면서 한 번에 수십 명씩 깨끗하게 절단되었다.

　"으으……."

　"괴, 괴물이다."

　절정 고수들.

　그들과 삼황 냉무기 간의 격차는 너무나도 컸다.

　냉무기는 특유의 무감각한 얼굴로 공포에 질린 절정 고수들을 차근히 정리해 가기 시작했다.

　동시에 그의 감각은 자신을 향해 다가오는 화경의 고수들에게 집중되어 있었다.

　'애매하군.'

　거리가 애매모호했다.

　이왕이면 조금 더 가까이 다가왔을 때.

　큰 기술 하나로 몽땅 쓸어버리는 것이 편했다.

　'그런데…….'

　세 놈은 어찌어찌 사정거리 안에 들어왔는데 한 놈이 미묘하게 경계선에 걸쳐서 다가오지 않는 게 신경 쓰였다.

'별수 없군.'

냉무기는 약간의 번거로움을 감수하기로 하고 움직였다.

드디어 그가 앞으로 이동하기 시작한 것이다.

빠르게 거리가 좁혀지고 냉무기가 두 손을 들어 올린 그 순간.

갑자기 옆에 있던 놈들이 동시에 강기를 뿌려 대기 시작했다.

콰아아아—!

사방에서 비처럼 쏟아지는 강기의 덩어리들.

냉무기는 그것을 고요하게 바라보다가 두 손을 들어 바닥을 내려쳤다.

후웅—

냉무기의 무공은 그동안 세상에 공개된 적이 거의 없었다.

이유는 간단했다.

지금껏 그의 무공을 보고 살아남은 자가 없었기 때문이다.

그래서 지금 이 순간.

황실의 고수들 앞에 확실하게 공개된 그의 무공은 진정 공포스러운 것이었다.

흑월야황 냉무기가 가지고 있는 가장 강력한 범위 공격 기술.

'파쇄륜.'

투카—

파괴의 회오리바람.

모든 것을 짓뭉개 버리는 강기의 회오리가 냉무기의 몸을 중심으로 둥글게 물결처럼 퍼져 나갔다.

콰드드득—

"으아아악!"

"크악!"

황실의 고수들이 마치 수십 개의 칼날에 난도질당하는 것처럼 썰려 나가기 시작했다.

화경의 고수들이 뿜어낸 강기도 마찬가지였다.

한순간에 가루처럼 부서지며 터져 나간 것이다.

"빌어먹을……."

묵혼의 입에서 절로 험악한 소리가 튀어나왔다.

저런 괴물을 상대로 시간을 벌어 달라고?

그게 가능할 리가 있나?

태 공공이 말한 것은 애초에 불가능한 요구였다.

'피해야 한다.'

그렇게 마음을 먹는 순간 이미 묵혼은 뒤쪽으로 훌쩍 몸을 날리고 있었다.

하지만 문제는 냉무기의 무시무시한 공격이 더 빨랐다는 점이다.

묵혼은 정면으로 기운을 집중하며 최대한 몸을 가볍게 만들었다.

'난 죽지 않아.'

자신이 그동안 어떻게 살아남았는데 이런 곳에서 이렇게 허망하게 죽는단 말인가?

절대로 죽을 수 없었다.

'태 공공 그 개자식은 지금까지 대체 뭘 하는 거냐?'

묵혼의 머릿속에 온갖 생각들이 가득해질 때.

첫 번째 충격이 전신을 덮쳐 왔다.

쾅―!

'큭!'

정면에 응집시켰던 강기의 방패가 순식간에 바스러지며 엄청난 충격이 전신을 때렸다.

여기까지는 이미 그도 예상했던 바다.

묵혼은 충격에 저항하지 않았다.

그것을 그대로 받아들이며 몸이 뒤로 튕겨 나가는 것을 느꼈다.

피가 역류하고 머리가 핑글핑글 돌아가는 와중에 묵혼은 보았다.

'태 공공…….'

제자리에서 손을 늘어뜨린 채 한 걸음도 움직이지 않고 있던 태 공공.

그는 덮쳐 오는 강기의 회오리를 보면서도 피하지 않았다.

아니, 오히려 한 걸음 앞으로 다가가더니 갑자기 두 팔을 앞으로 뻗으며 소매 속에 감춰 두었던 총을 냉무기에게 겨누었다.

'잡았다, 영감.'

태 공공은 미치광이처럼 웃으며 자신을 덮쳐 오는 강기를 정면으로 마주하고 있었다.

그리고…….

피웅―

태 공공의 총구에서 빛이 번쩍이고, 그 빛은 소리도 기척도 없이 정면의 모든 것을 깨부수며 지나가 냉무기의 신체에 부딪쳤다.

퍼걱—

'음?'

냉무기는 얼굴을 찡그리며 팔을 들어 올렸다.

그리고 얼굴을 찡그렸다.

오른쪽 어깨에서 엄청난 통증과 함께 피가 분수처럼 흘러나오고 있었기 때문이다.

상처가 제법 깊었다.

그때.

탕—

뒤늦게 소리가 들린 방향으로 냉무기의 차가운 시선이 향했다.

그곳에는 팔이 잘려 나간 채 분노에 가득 찬 얼굴을 한 태 공공이 있었다.

"빌어먹을!"

태 공공은 어깨를 움켜잡고 옆을 쏘아보았다.

최후의 순간, 팔이 잘려 나가는 바람에 겨냥이 조금 흔들렸던 것이다.

"이 개자식! 네놈은 누구냐?"

태 공공은 머릿속이 새하얗게 변할 정도로 분노했다.

조준만 빗나가지 않았다면 분명히 이번 일격으로 흑월야황을 잡을 수 있었다.

무림 역사에 새로운 장을 열 수 있었던 것이다.

"……."

시엽은 잠시 동안 바닥에 떨어져 있는 태 공공의 팔을 바라보다가 고개를 돌려 냉무기를 응시했다.

그러다 눈썹을 꿈틀거렸다.

'이게 스승님의 몸에 상처를 낸 건가?'

바닥에 떨어져 있는 길쭉한 물건.

정체가 무엇인지는 모르겠지만 이것이 스승님의 몸에 상처를 내었다.

콰직—

시엽은 고민도 하지 않고 바닥에 떨어진 물건을 발로 짓밟아 부숴 버렸다.

그 후 태 공공을 향해 검을 겨누며 말했다.

"내 이름은 시엽. 널 죽일 사람이다."

"이 버러지 같은 놈이 감히……!"

태 공공은 남은 팔로 허리춤을 만지다가 검을 뽑아 들었다.

이놈을 죽이지 않으면 성이 풀릴 것 같지가 않았다.

그때.

태 공공은 등골을 스치는 오싹한 한기에 고개를 옆으로 돌렸다.

"화승총이로군."

"……."

어느새 바로 코앞까지 다가온 냉무기는 바닥에 부서져 있는 물건을 보며 작게 중얼거렸다.

그를 보던 태 공공이 입술 끝을 몇 번 푸들거리며 말했다.

"이놈만 아니었으면 죽었을 거다, 영감탱이."

냉무기는 고개를 끄덕였다.

태 공공의 말은 부정할 수 없는 사실이었다.

하지만 어찌 되었건 냉무기는 죽지 않았다.

그것 역시 변하지 않는 사실이다.

"현재 이것을 사용할 수 있는 사람은 아무리 봐도 너 혼자인 모양이군."

"……."

이런 위험한 무기를 여럿이서 동시에 사용할 수 있었다면 진즉에 사용했을 것이다.

그러지 않은 걸 보니, 무슨 이유 때문인지는 모르겠지만 이것을 사용할 수 있는 자는 이놈 하나뿐인 듯했다.

이것저것 물어보고 싶은 게 있었지만 순순히 대답해 줄 놈은 아닌 것 같았다.

그렇다면 결론은 하나다.

"그럼 죽어라."

"웃기지 마, 영감. 내가 누구인 줄 알아? 나는 황실의……."

태 공공은 말을 하는 도중에 갑자기 세상이 핑글핑글 돈다고 생각했다.

그것으로 끝.

냉무기는 몸을 돌려 시엽에게 입을 열었다.

"고맙구나."

시엽은 고개를 숙여 보였다.

간발의 차이로 그의 스승을 구했다는 것이 뿌듯했다.

그리고 고개를 들어 성벽 위쪽을 바라보았다.

그곳에는 냉하영이 주변을 관망하며 홀로 서 있었다.

'정말 대단한 여자다.'

냉하영은 정말 모든 상황을 냉철하게 파악하고 있었다.

그리고 그녀의 다음 계획이 실행되려 하고 있었다.

천마신교 전체가 전쟁터가 되는 것.

지금 이 순간부터 황실의 고수들은 단 한 명도 살아서 돌아가지 못
한다.

냉하영의 계획은 바늘 하나 들어갈 만큼의 빈틈도 없었던 것이다.

*   *   *

초류향은 십만대산의 정문을 바라보고 있었다.

애써 담담한 얼굴로 정문을 응시한 지 얼마의 시간이 흘렀을까?

그그긍—

묵직한 소리와 함께 혈뢰문이 열리고 그곳에서 피곤한 얼굴을 한
냉하영이 걸어 나왔다.

냉하영의 옆으로는 엄승도가 지친 얼굴로 함께 걸어오고 있었다.

초류향은 빠르게 그들에게 다가갔다.

그리고 입을 열었다.

"결과는?"

냉하영은 눈이 부신 듯 손으로 햇살을 가리다 가까이 다가온 초류향을 향해 산뜻하게 입을 열었다.

"전멸이야."

전멸.

황실의 모든 병력들을 몰살시켰다는 말이었다.

"대단하군!"

"뭐, 이 정도야……."

냉하영은 자신만만하게 미소 지으며 초류향을 응시했다.

"나에겐 정말 아무것도 아닌 일이지."

초류향은 냉하영에게 순수하게 감탄했다.

그녀는 약속을 지켰다.

서찰에서 언급한 대로 황실의 고수 전원을 몰살시킨 것이다.

모든 것이 그녀의 계획대로였다.

'무려 화경의 고수만 네 명이었다.'

거기에 더해서 절정 고수도 수백 명이나 되지 않았던가?

"다소간의 피해는 있었지만…… 이 정도면 싼 값이지. 안 그래?"

초류향은 고개를 끄덕였다.

어느 정도의 피해가 있었는지는 아직 정확히 모른다.

하지만 일단 천마신교가 무사해 보인다는 사실에 초류향은 크게 안도했다.

그때 옆에서 약간 안절부절못하고 있던 엄승도가 조용하게 입을 열었다.

"교주님, 긴히 드릴 말씀이 있습니다."

초류향은 엄승도의 얼굴에 떠올라 있는 초조함에 고개를 갸웃거렸다.

"중요한 이야기입니까?"

"예. 교주님."

엄승도가 크게 괴로워하고 있다는 것을 깨닫고 초류향은 고개를 끄덕였다.

"잠깐 실례해도 될까?"

"물론이지. 일단 다들 들어가는 게 좋지 않겠어? 집주인이 계속 바깥에서 기다리는 것도 이상하잖아."

"그렇군."

초류향은 손을 들어 올려 뒤로 신호를 보냈다.

그러자 뒤에서 대기하고 있던 병력들이 일사불란하게 움직이기 시작했다.

"들어가지요."

초류향이 먼저 걸음을 옮기자 엄승도가 그 뒤에 바짝 따라붙었다.

엄승도는 초류향을 따라가는 내내 고민하다가 조용히 전음을 날렸다.

『화령이 죽었습니다.』

"……!"

평온하게 걸음을 옮기던 초류향이 멈칫했다.

그리고 믿을 수 없다는 시선으로 고개를 돌려 엄승도를 바라보았다.

『……죄송합니다. 화경의 고수가 도주하는 도중에 화령과 마주치는 바람에…….』

엄승도는 차마 고개를 들지 못한 채 전음으로 보고했다.

초류향은 제자리에서 멈춰 서 있다가 다시 몸을 돌려 앞으로 걸어갔다.

'방금 그게 대체 무슨 소리지?'

초류향은 혼란스러운 머리로 방금 자신이 들은 이야기를 빠르게 정리하기 시작했다.

그리고 혈뢰문 안으로 들어온 뒤 근처에 보이는 계단에 걸터앉아 엄승도를 바라보았다.

초류향의 눈은 평소처럼 지극히 차분하고 안정적이었지만 엄승도는 확신했다.

지금 초류향은 그 어느 때보다 크게 분노하고 있었다.

"어떻게 된 일인지 자세히 말해 주십시오."

엄승도는 고개를 숙였다.

그리고 그 날의 일을 말하기 시작했다.

*　　　*　　　*

화령은 바깥의 공기가 심상치 않게 돌아가는 것을 본능적으로 느낄 수 있었다.

하지만 지금 그녀가 할 수 있는 일은 그리 많지 않았다.

눈이 보이지 않는다는 사실 하나가 그만큼 그녀에게 많은 제약을 만들었던 것이다.

'무슨 일일까.'

이곳 십만대산은 그야말로 천혜의 요새였다.

때문에 그녀는 이곳이 외부의 세력에 의해 어떻게 되리라는 생각은 전혀 할 수가 없었다.

그저 내부에서 무언가 사고가 일어났다고만 여겼다.

그런 그녀를 보살피기 위해 찾아온 시녀가 해 준 이야기는 매우 충격적이었다.

"황실의 고수가 쳐들어 왔다고 합니다, 화령 님."

"황실?"

"예. 그래서 모두가 전투태세로 준비 중이에요. 곧 있으면 교전이 벌어질 거 같아요."

화령은 순간 멍청한 얼굴을 해 보였다.

이게 무슨 뜬금없는 소리란 말인가?

황당함을 넘어서 어이가 없었다.

그때 불현듯 떠오르는 걱정에 화령이 입을 열었다.

"교주님의 가족 분들은 어떻게 되었습니까?"

"글쎄요, 그러고 보니……. 저는 잘 모르겠습니다."

화령은 불안한 얼굴을 해 보였다.

그러다 자리에서 일어나며 말했다.

"초혜정에 가 봐야겠습니다."

시녀는 당황했다.

지금은 십만대산 전체가 전장이 된 상태였다.

함부로 움직이면 안 되는 것이다.

"같이 가 주시지 않아도 됩니다. 어차피 대로를 따라가면 초혜정까지는 금방이니 저 혼자 가도 돼요."

"지금은 안 됩니다. 사태가 진정된 후에 움직이셔야 합니다."

둘이 그렇게 실랑이를 하고 있는 그때, 바깥이 소란스러워졌다.

칼과 칼이 부딪치는 소리가 들리며 고통에 찬 비명 소리가 울려 퍼졌다.

점점 가까워지는 소음에 화령과 시녀가 멈칫하고 숨을 죽이고 있을 때.

콰직―!

문이 사납게 부서지며 피투성이가 된 사내가 건물 안으로 들어왔다.

황실에 속한 화경의 고수.

묵혼이었다.

"꺄아악―!"

시녀가 비명을 지르며 뒤로 물러서자 묵혼은 그녀를 칼로 베어서 조용히 침묵시켰다.

화령은 전신으로 뜨거운 피를 맞으면서도 침착한 얼굴을 유지했다.

"그쪽은 신분이 제법 높은 모양이지?"

묵혼은 고급스러운 비단옷을 입고 있는 화령의 머리채를 잡아챘다.

인질로 삼기 위함이다.

그러다 고개를 갸웃거렸다.

"……뭐야? 장님이었나?"

"……."

화령은 대답하지 않고 음성이 들리는 곳을 바라보았다.

그녀의 텅 빈 회색 동공을 응시하던 묵혼이 비틀린 웃음을 입가에 그렸다.

"너도 참 운이 없다."

묵혼은 저항조차 하지 않는 화령을 어깨에 들쳐 메고 바깥으로 나왔다.

밖에서는 이미 천마신교의 고수들이 빙 둘러서 사방을 포위하고 있었다.

그들을 보면서도 묵혼은 전혀 겁먹은 기색을 보이지 않았다.

"크크크, 막을 수 있으면 막아 봐라."

묵혼의 전신에서 막강한 기운이 줄기줄기 뿜어져 나왔다.

그 기운은 곧장 형체를 이루더니 길을 막고 있는 절정 고수들을 향해 강기가 되어 뿌려졌다.

동시에 묵혼은 빠르게 이동했다.

'어차피 혈뢰문 쪽으로 피하기는 글렀다.'

다른 화경의 고수들이 어떻게 하고 있을지는 모른다.

하나 곧장 성벽을 넘어 도망가려 했다면 그것은 정말 바보들이나 하는 짓일 터.

그곳에는 아마도 가장 강력한 전투 병력들이 대기하고 있을 것이다.

'안쪽으로 깊숙이 들어가서 반대 방향으로 도망쳐야 한다.'

십만대산을 정중앙으로 가로질러서 반대쪽으로 향하겠다는 생각.

이것은 언뜻 보면 대단히 무모한 계획이었다.

하지만 묵혼은 확신했다.

다른 때라면 몰라도 지금처럼 핵심 전력들이 외부에 나가 있는 천마신교라면 가능할 것이라고.

'점점 줄어들고 있다.'

묵혼은 자신에게 따라붙는 고수들의 숫자가 점점 적어지는 것을 보며 자신감이 생겼다.

그는 빠르게 이동하며 어깨에 들쳐 메고 있는 인질을 어떻게 할까 고민했다.

그때.

'응?'

엄청난 기운이 뒤쪽에서부터 쏘아져 왔다.

쿠콰콰쾅—!

묵혼은 서둘러 몸을 날려 기운을 피하고 뒤를 돌아보았다.

그러자 그곳에는 차가운 인상을 지닌 미남자가 서 있었다.

태 공공의 팔을 잘라 낸 화경의 고수.

시엽이었다.

"재수가 없군."

"……"

시엽은 고요한 얼굴로 묵혼을 바라보았다.

그리고 검을 들어 묵혼을 겨누었다.

시엽의 뒤쪽으로는 헐레벌떡 뛰어오는 외팔이가 있었다.

엄승도였다.

'이런 젠장!'

엄승도는 도착하자마자 묵혼의 어깨에 있는 화령을 보며 복잡해지려는 표정을 가까스로 숨겼다.

어떻게든 그녀를 구해야 했기 때문이다.

화령이 잡혀갔다는 수하의 보고를 받자마자 근처에 있던 시엽과 함께 묵혼을 따라잡은 것까지는 좋았다.

한데 화령의 명줄을 저놈이 틀어쥐고 있다는 게 문제였다.

'어떻게 하지?'

왜 진작 대피시키지 않았을까?

엄승도가 머릿속으로 오만 가지 생각들을 떠올리고 있을 때.

묵혼이 어깨에 들쳐 메고 있던 화령을 내려놓으며 입을 열었다.

"이 여자는 어떻게 할까?"

엄승도는 필사적으로 표정 관리를 했다.

화령이 중요한 위치에 있다는 것을 알게 되면 저놈이 어떻게 나올지 모르니까.

애써 담담한 척 연기한 것이다.

그러나 그런 노력도 아무 소용없었다.

"귀찮으니 죽여야겠군."

묵혼이 말을 하는 것과 동시에 칼을 휘둘렀다.

"어? 어어? 이봐, 잠깐만!"

엄승도가 당황한 얼굴로 손사래를 쳤다.

설마하니 저 무식한 놈이 그 어떤 협상도 하지 않고, 심지어는 사전 경고도 없이 바로 행동할 줄은 몰랐던 것이다.

푸아악—!

엄승도는 화령의 몸에서 뿜어져 나오는 엄청난 양의 피를 보며 얼굴을 굳혔다.

저건 언뜻 봐도 치명상이다.

"어차피 천마신교의 개들은 다 죽여야 한다."

"……."

묵혼의 말을 들으며 엄승도는 얼굴을 일그러뜨렸다.

처음에 저놈이 화령을 잡아갔다는 말을 들었을 때.

분명 그녀를 인질로 사용할 것이라 예상했다.

한데 이렇게 예고도 없이 칼을 휘두를 줄이야.

'망했다.'

엄승도가 스스로의 머리를 쥐어뜯으며 소리 없는 비명을 질러 대고 있는 사이.

시엽이 움직였다.

그는 엄승도의 부탁을 받고 화령을 구하러 온 처지이긴 했지만 이미 구출은 늦어 버렸다.

'오히려 잘되었다.'

인질의 목숨을 빌미로 협박이라도 했다간 곤란할 뻔하지 않았나?

지금 같은 상황을 바란 것은 아니었지만, 이렇게 된 이상 이제는 거리낌 없이 전력을 다할 때였다.

쿠콰쾅—!

묵혼과 시엽이 부딪치는 가운데 엄승도는 재빨리 바닥에 쓰러져 있는 화령에게 다가갔다.

그리고 좌절했다.

화령의 몸은 어깨부터 사선으로 깨끗하게 잘려 나가 있었다.

"젠장…… 젠장!"

엄승도가 투덜거리며 소매에서 금창약을 꺼내고 있을 때.

화령이 입가에 피를 흘리며 미소 지었다.

"……차라리 이렇게 된 것이 잘된 일 같습니다. 그동안 아무런 도움도 되지 못해 죄송했습니다."

"웃기지 마라. 너 내가 교주님께 맞아 죽는 꼴을 보고 싶으냐? 입 닥치고 체력이나 비축해."

엄승도는 화령의 상처 부위에 금창약을 발라 주기 위해 고개를 숙였다.

그러다 어금니를 깨물었다.

이건 도저히 약으로 지혈될 수준이 아닌 것이다.

재빨리 혈도를 짚어 출혈을 멈추려고 했지만 그것도 이미 늦은 감이 있었다.

잠시 고민하던 엄승도는 하늘을 보며 크게 소리친 후 입을 열었다.

"마지막으로 할 말이 있느냐? 교주님이나 혹은 다른 어떤 사람에게라도 전할 말이 있다면 해라."

도저히 살릴 수 없었다.

지금 옆에 의술의 신이라 불리는 선우조덕이 있었어도 분명히 그렇게 말 했을 것이다.

화령은 바닥에 누워 있는 상태로 천천히 눈을 감으며 말했다.

"……아무런 고통 없이…… 아무런 원망도 하지 않고 갔다고 전해 주시면 감사하겠습니다."

화령은 이것으로 되었다고 생각했다.

그저 지금은 초류향에게 아무것도 보답할 수가 없어서 죄송스러울 따름이었다.

다만 아쉬운 게 있다면 마지막으로 그의 무사함을 확인하지 못하고 간다는 것 정도였다.

"……."

엄승도의 얼굴이 크게 일그러졌다.

지금 엄승도의 마음은 상당히 복잡했다.

초류향의 가족들을 먼저 신경 쓰느라 미처 화령의 존재를 떠올리지 못했던 것이다.

"빌어먹을……."

화령의 몸에서는 더 이상 생기가 느껴지지 않았다.

그리고 지금, 사흘이 지난 시점에서 그녀의 시신을 마주한 초류향은 무겁게 침묵하고 있었다.

"……죄송합니다, 교주님. 제가 더 신경을 썼어야 했는데…….

"……."

초류향은 아무런 말도 하지 않았다.

잠시 동안 묵묵히 화령의 시신을 바라보기만 했다.

그러다가 초류향이 힘없이 입을 열었다.

"제가 그동안 너무 과한 욕심을 부린 모양입니다. 그리고 그것은 언제나 소중한 것을 잃고 나서야 깨닫게 되네요."

이번 천마신교의 중원 진출에서 초류향은 너무도 많은 것을 잃어야만 했다.

도중에 성과를 얻기도 했지만, 결과적으로는 완벽한 실패에 가까웠다.

마지막에 흑월회가 도와주지 않았더라면, 어쩌면 초류향은 모든 것을 잃었을지도 모른다.

"처음부터 다시 시작하겠습니다."

초류향은 화령의 시신을 바라보다 자신도 모르게 그녀의 손을 가볍게 움켜쥐었다.

맨 처음, 그녀의 죽음을 전해 들었을 때.

그녀가 천마신교로 돌아간다고 했던 것을 말리지 못한 스스로를 원망했다.

하지만 아무런 원망도 하지 않는다는 그녀의 마지막 말을 떠올리며 초류향은 애써 웃음 지었다.

"다른 사람을 원망하는 법을 배우셨어야 했습니다. 화령 님⋯⋯."

조기천 스승님이 돌아가신 이후 또 다시 초류향의 마음속에 커다란 구멍이 생겨 버렸다.

화령의 죽음은 초류향에게 생각보다 더욱 크게 다가왔다.

그녀가 죽고 나서야 얼마나 소중한 사람이었는지를 깨달은 것이다.

천천히 몸을 일으키는 초류향의 얼굴에는 어떤 비장한 각오가 떠올랐다.

第五章

거래

운휘는 초류향이 걱정스러웠다.

항상 모든 것을 혼자 짊어지려고 하는 초류향의 성격상 이번 화령의 죽음에도 분명 엄청난 책임감을 느끼고 있을 것이다.

'좋지 않다.'

안타깝게도 지금 초류향은 화령의 죽음을 슬퍼할 여유가 없었다.

냉하영이 와 있으니까.

그녀는 이번에 궁지에 몰린 천마신교를 시기적절하게 도와주었다.

곧 그에 대한 정당한 대가를 요구해 올 게 분명하다.

'이럴 때 약한 모습을 보이는 건 좋지 않다.'

그 자리에서 이렇게 심적으로 흔들리는 모습을 보인다는 것은 초류향에게나 천마신교에나 분명히 좋지 않은 일이었다.

운휘는 그 점이 염려스러웠다.

"걱정 마세요. 저는 괜찮습니다."

"……!"

운휘에게 등을 돌리고 초혜정에 앉아 있던 초류향.

그가 갑작스럽게 입을 열자 운휘는 눈을 동그랗게 떴다.

마치 자신의 마음을 읽은 듯한 말에 깜짝 놀란 것이다.

"그렇게 걱정스러운 눈으로 보시면 누구나 알아챌 수 있습니다, 운휘 님."

"주군……."

초류향은 몸을 돌렸다.

그리고 운휘와 눈을 마주친 다음 입가에 가느다란 미소를 띠었다.

"화령의 죽음에 대해서는 분명히 책임을 느끼고 있습니다. 하지만 거기에 연연해서 큰 것을 잃을 생각은 없습니다. 그녀도 그것을 바라지 않을 겁니다."

운휘는 고개를 끄덕였다.

초류향이 운휘를 보며 조용하게 입을 열었다.

"옵니다."

초류향의 시선이 향하는 곳.

적발의 미녀가 이쪽으로 걸어오고 있었다.

오만한 미소와 당당한 태도가 너무나도 잘 어울리는 여자.

"그러고 보니 경황이 없어서 인사도 제대로 못 했군. 오랜만이다. 그곳에 앉으면 돼."

초류향의 말에 냉하영은 피식 웃었다.

그리고 초류향의 맞은편 자리에 앉으며 말했다.

"어제는 날 바람맞힐 정도로 중요한 일이 있었겠지? 안 그러면 나 몹시 화낼지도 몰라."

"그래. 엄청 중요한 일이었다."

"뭔지 물어보면 대답해 줄 거야?"

초류향은 선선히 고개를 끄덕였다.

그러다 냉하영의 양옆을 번갈아 바라보며 말했다.

"그 선에 넌서…… 두 분도 앉으셔도 됩니다. 이야기가 길어질 듯한데, 서서 기다리기 불편하지 않으십니까?"

"……."

냉하영의 우측과 좌측.

그곳에는 각각 냉무기와 시엽이 서 있었다.

시엽은 좌측에서 모습을 드러내며 잠시 초류향을 괴물 보듯이 응시했다.

본인이야 그렇다 쳐도 냉무기의 존재까지 파악한 초류향이 인간 같지가 않았던 것이다.

"그놈과 닮았군."

우측에서 모습을 드러낸 냉무기는 초류향을 무감각하게 바라보다가 입을 열었다.

그리고 그것으로 끝.

더 이상 아무런 말도 하지 않고 냉하영의 오른쪽 옆에 앉았다.

초류향은 냉무기를 흥미진진한 눈으로 바라보았다.

'팔십구.'

진정 어마어마한 수치가 아닌가?

냉무기의 수치에 초류향은 잠시 멍한 얼굴을 하고 있다가 퍼뜩 정신을 차렸다.

'착각했군.'

오늘 그의 상대는 냉무기가 아니다.

처음부터 그를 조용하게 관찰하고 있는 저 여인.

냉하영.

그녀가 그의 상대였던 것이다.

"어제는 미안했다."

"사과는 했으니까 됐고, 이제 이유를 설명해 줘."

초류향은 잠시 숨을 들이켰다.

냉하영은 지금 그녀가 납득할 만한 이유를 원하고 있었다.

'어떻게 설명해야 할까?'

화령의 죽음은 분명 초류향에게 있어서는 대단히 커다란 사건이었다.

하지만 냉하영의 입장에서는 어떨까?

잠시 고민하던 초류향은 결국 한숨을 내쉰 후 입을 열었다.

"소중한 사람이 이번 일로 죽었다. 어제는 그것 때문에 너와 이야기할 정신이 없었지. 미안하다."

"소중한 사람?"

"그래."

냉하영의 눈이 묘하게 바뀌었다.

잠시 무언가를 생각하던 냉하영은 짧게 물었다.

"여자?"

"……그래."

"그럼 됐어. 더 이상은 안 물어볼게."

"……."

입가에 짓고 있는 의미심장한 웃음을 보니 무언가를 단단히 오해하고 있는 듯했지만 초류향은 굳이 입을 열어서 변명하지 않았다.

괜히 그쪽으로 이야기가 길어지는 것은 초류향도 원하지 않았기 때문이다.

"그럼 우리 이제 일 이야기를 해 볼까?"

냉하영의 말에 초류향이 고개를 끄덕였다.

이제부터가 본론인 것이다.

냉무기는 조용하게 초류향을 바라보았다.

이 자리에 있는 누구도 눈치채지 못했지만 그 시선에 담겨 있는 감정은 분명한 색깔의 놀라움이었다.

'공손천기는 괴물을 만들어 냈군.'

시간이 흘러 나이를 먹고, 나이를 먹음으로써 자연스럽게 늘어나는 것들이 있다.

사람을 판단하는 안목이 바로 그렇다.

사람은 누구나 처음 만나는 그 순간부터 상대방을 판단하게 된다.

연륜이 쌓여 어느 정도 안목이 있는 사람이라면 한눈에 상대의 모든 것을 읽어 낼 수도 있는 것이다.

냉무기가 읽어 낸 초류향은 과거 공손천기와 마주했을 때와 비슷한 충격이 있었다.

"이번에 천마신교를 도운 것은 흑월회로서도 상당한 위험을 감수했던 일이야. 어쩌면 본 회의 존망을 뒤흔들 수도 있는 일이었지."

"그랬을 거다."

초류향은 긍정했다.

확실히 흑월회의 개입은 초류향도 매우 의외였다.

전혀 예상치도 못했던 곳에서 너무 커다란 도움을 받았으니까.

그리고 초류향에게도 의외였던 만큼, 흑월회의 가세는 정도맹 측에 아주 뼈아픈 일격이 되었다.

"내가 왜 무리를 해 가면서까지 천마신교를 도왔다고 생각해?"

"얻을 것이 더 많기 때문이겠지."

냉하영은 초류향의 대답에 화사하게 웃었다.

"맞아. 제대로 봤어."

초류향은 냉하영을 바라보았다.

그가 알기로 흑월회에는 어떤 상황에서나 통용되는 절대적인 규율이 있었다.

'이득이 없이는 움직이지 마라.'

흑월회는 강호의 다른 집단과는 그 성격이 미묘하게 달랐다.

철저하게 이득을 추구하는 집단인 것이다.

다른 곳들이 명분을 따지고, 그 와중에 이득을 챙기는 것과는 사뭇 다른 움직임.

"너도 이미 짐작하고 있겠지만 나는 천마신교와 흑월회가 힘을 합쳤으면 해. 그것을 위해 이번에 너를 도운 거야."

초류향은 고개를 끄덕였다.

흑월회는 이번 일에 개입함으로써 다른 세력들과는 철저하게 척을 진 거나 마찬가지였다.

그들이 다른 세력과 적이 되는 것을 감수하면서까지 천마신교와 손을 잡으려는 이유가 무엇일까?

'무엇을 보고 있는 거지?'

그녀가 진정으로 얻고자 하는 게 무엇일까?

초류향이 조용한 시선으로 냉하영을 바라볼 때.

냉하영이 빙긋 웃으며 입을 열었다.

"궁금하지? 진짜 목적이?"

"그래."

"흑월회는 이득 없이 움직이지 않아. 내가 너와 손을 잡으려는 것은 가장 확실한 이득이 이쪽에 있기 때문이야."

"그게 뭐지?"

냉하영은 초류향을 가만히 살펴보며 입을 열었다.

"천하 제패. 설마 한 번 실패했다고 포기하는 건 아니겠지?"

"……."

"솔직하게 말할게. 나는 이번에 두 가지 목적을 위해 이곳에 왔어."

냉하영은 손가락 하나를 세우며 미소 지었다.

"우선 첫 번째, 황실의 힘을 완전히 강호에서 지우는 것이었는데 이건 이미 이루어졌지."

"황실의 힘을 배제하려는 이유는?"

초류향의 물음에 냉하영은 희미하게 웃으며 말했다.

"나는 무림인이야. 황실이 개입하는 건 체질상 맞지 않아."

"그것만으로는 설득력이 부족하다."

"그래? 보통이라면 이 정도만 이야기해도 될 텐데……."

냉하영은 잠시 생각을 정리했다.

그러다 웃으며 말했다.

"앞으로도 계속 황실을 신경 쓰고 싶지는 않았다는 게 더 정확한 이유겠네. 이건 두 번째 목적과 관계가 있거든."

"두 번째 목적?"

냉하영은 고개를 끄덕인 후 손가락 두 개를 펴 보이며 입을 열었다.

"천하 통일. 그것을 위해서 이 이상 황실이 개입하는 건 곤란하거든."

천하 통일.

그 이야기를 듣자 초류향은 자신도 모르게 움찔 어깨를 떨었다.

본인이 했던 이야기를 다른 사람의 입을 통하여 듣자 그 의미가 새롭게 다가왔던 것이다.

"다시 한 번 묻지만, 설마 한 번 실패했다고 포기할 생각은 아니지?"

초류향은 앞서 했던 말을 그대로 반복하며 은근히 압박하는 냉하영을 보고 피식 웃어 버렸다.

그리고 잠깐 생각에 잠겼다.

그녀는 무슨 목적으로 천하 통일이라는 말을 입에 담았을까?

'나와는 분명히 다른 이유일 것이다.'

그래서 궁금했다.

그리고 냉하영은 그 이유를 숨기지 않고 솔직하게 말해 주었다.

"이건 천하에서 가장 이득이 많이 남는 거래야. 우리는 그런 거에 아주 민감하거든."

"이득을 위해서인가?"

"응. 우리 흑월회는 오로지 그 목적을 위해 존재하니까."

냉하영은 초류향을 웃으며 바라보았다.

그 미소에 무언가를 감추는 기색이 없음을 깨닫자 초류향은 오히려 안도했다.

"너는 내가 왜 천하에 욕심을 부렸는지 알고 있나?"

"글쎄? 우리보다야 훨씬 숭고한 이유가 있었겠지."

"아니, 그다지 숭고한 이유는 아니다."

초류향은 씁쓸하게 웃으며 냉하영을 바라보았다.

차라리 냉하영처럼 솔직담백하게 이득만을 따졌더라면, 지금의 실패는 없었을지도 모른다.

'대의'라는 허울 좋은 탈을 너무도 일찍 써 버렸다.

지금 자신이 하고 있는 일은 무조건 옳고, 힘들지만 노력하면 반드시 이루어질 것이라는 헛된 망상.

그 망상을 무턱대고 믿고 전력 질주하는 것보다 저렇게 냉하영처럼 철저하게 이해득실을 따지는 편이 백배는 나았다.

'내가 가슴속에 품은 것은 대의가 아니라 욕심이었다.'

천하를 자기 뜻대로 움직이고 싶었다.

아무런 다툼도, 무의미한 싸움도 없는 그런 상태.

평화로운 세상을 만들고 싶었던 것이다.

하지만…….

'나는 정말로 그저 평화로운 세상을 만들고만 싶었던 건가?'

초류향은 어깨를 주물럭거리며 스스로에게 묻다가 자기도 모르게 피식 웃어 버렸다.

솔직히 평화로운 세상을 순수하게 원하지는 않았던 것 같다.

천하 제패라는 욕망에 조금도 사적인 욕심이 없었다면 거짓말이다.

스승님이 쌓아 놓았던 업적처럼 위대한 업적을 이루려는 욕망도 분명히 있었던 것이다.

'하지만 천하 제패는 결코 혼자서 이룰 수 없다.'

이번 실패로 인해 초류향이 얻은 것이 전혀 없지는 않았다.

철저하게 자기 자신을 반성하고, 무엇이 잘못되었는지 하나하나 처음부터 되짚어 볼 수 있는 소중한 시간이었다.

그리고 나온 결론.

"나는 아직 천하 제패를 포기하지 않았다."

천하 세패를 하고 싶었다.

그것이 대의에서든, 개인적인 욕망에서든, 사실 그것은 그렇게 중요하지 않았다.

너무도 분명한 목적이 생겨 버린 것이다.

그리고 그것은 지금까지처럼 두루뭉술하지 않았고 이제는 너무도 분명한 실체를 가지고 눈앞에 나타났다.

"연합을 원하나?"

"아니. 우리는 그것보다 더욱 진한 관계가 되어야 해."

냉하영은 초류향 앞에 하나의 서찰을 내밀었다.

두툼한 서찰에서는 왠지 모를 서늘함이 느껴졌다.

"이게 뭐지?"

"본 회의 가장 중요한 극비 사항들이 적혀 있는 문서야. 소속되어 있는 문파들의 목록부터 각 문파의 무공과 고수들의 숫자, 보유하고 있는 경제력과 영역 등등. 외부에 알려지지 않은 비밀스러운 정보들이지."

초류향의 눈빛이 침착하게 가라앉았다.

그리고 냉하영이 내미는 서찰에 손도 대지 않은 상태로 입을 열었다.

"이것을 보여 주는 목적은?"

"나는 지금 너에게 혈맹(血盟)을 제의하는 거야."

혈맹.

단순히 서로의 힘을 합치는 연합과는 그 의미가 다르다.

서로를 완벽하게 믿고, 모든 것을 공유할 수 있는 신뢰.

그것이 기반이 되는 관계니까.

초류향은 가만히 서찰을 지켜보다가 무겁게 입을 열었다.

"이것을 보여 주는 이유는 나에게도 역시 비슷한 것을 원하기 때문이겠지?"

"그래."

"이건 생각할 시간이 필요한 문제다."

"알아."

냉하영은 팔짱을 끼고 초류향을 바라보았다.

본래 혈맹은 이렇게까지 서로에 대해 속속들이 알려 주고, 또 서로의 정보를 공유할 필요가 없었다.

'가장 단순하면서도 원초적인 방법이 있긴 하지.'

초류향과 냉하영.

둘 모두 미혼이다.

본래는 둘이 혼인을 하는 게 제일 확실했다.

그렇다면 그 무엇보다도 명확한 혈맹이 될 수 있다.

'하지만 그렇게 할 수는 없지.'

냉하영과 초류향.

둘 모두 서로에게 호감은 있었다.

하지만 그것은 연애 감정과는 많은 거리가 있었다.

서로의 능력이나 재능에 대한 감탄과 인정의 의미가 더 강했던 것이다.

'그건 분명 연애 감정과는 다른 거야.'

게다가 이미 각자 마음에 담아 둔 상대가 있지 않은가?

냉하영은 서찰을 건네고 자신의 우측에 앉아 있는 시엽을 조마조마한 마음으로 힐끔거렸다.

자신의 숨은 의도가 들킬까 봐 걱정해서였다.

하지만 다행인지 불행인지 시엽은 아무것도 모르는 얼굴로 초류향을 응시하고 있었다.

덕분에 냉하영의 얼굴은 복잡 미묘하게 변해 갔다.

＊　　＊　　＊

"어떻게 보십니까?"

초류향은 냉하영과 헤어진 뒤 곧장 천마신교 수뇌부 회의를 소집했다.

흑월회 측에서 제의한 것은 혼자서 독단적으로 결정할 사안이 아니라 여겼기 때문이다.

수뇌부 회의에는 팔대 호법들이 참석했고, 거기에 더해 오늘만 특별하게 사대 세가의 대표들도 동석했다.

"어렵습니다, 교주님."

제일 먼저 입을 연 사람은 전박이었다.

그는 탁자 위에 올려놓은 주판을 만지작거리며 입을 열었다.

"서찰 안에 있는 흑월회의 극비 사항들이 설령 모두 사실이라 하더라도, 그에 상응하는 본 교의 모든 정보를 공개하는 것은 무리라 판단됩니다."

서찰은 아직 개봉하지 않았다.

초류향은 그것을 받은 그대로 가져와 탁자에 올려놓고 질문부터 한 것이다.

"다른 사람들의 의견은 어떻습니까?"

최대한 많은 사람들의 의견을 수렴할 생각이었다.

그래야 나중에 불만도 생기지 않고 실수가 없을 테니까.

"험험, 제가 갑자기 궁금한 것이 생겨서 그러는데 질문을 해도 되겠습니까, 교주님?"

우 호법.

그가 입을 열자 초류향이 희미하게 웃으며 고개를 끄덕였다.

"해 보세요."

우 호법은 깍지 낀 손을 탁자에 올려놓으며 낮은 음성으로 입을 열었다.

"저희와 힘을 합치고 싶다는 것이 흑월회 측이 요구하는 전부입니까? 본 교에 도움을 주고 그 대가로 원하는 게 이것뿐이라면 이상하지 않습니까?"

"……!"

초류향은 눈을 동그랗게 떴다.

그랬다.

흑월회가 천마신교를 도운 보상이 저것뿐이라면 너무도 이상하다.

따지고 보면 저것은 서로에게 이득이 되는 조건이지 흑월회에 유리한 조건은 아니기 때문이다.

지나치게 근본적인 문제라 초류향도 미처 생각해 보지 못했던 부분이었다.

신중한 눈빛으로 잠시 생각에 잠겨 있던 초류향이 조용하게 입을 열었다.

"그녀는 천하 제패를 원하고 있었습니다. 본 교와 손을 잡으면 그것이 가능하다고 보았겠지요."

아마도 냉하영이 진정으로 원하는 보상은 바로 천하 제패 이후에 있을 것이다.

거기까지 생각이 미치자 초류향은 오히려 마음이 편안해졌다.

"그녀는 천하 제패 이후를 보고 있는 듯합니다. 그 이후에 생기는 막대한 기득권을 기대하고 있는 모양입니다."

이득이 없으면 움직이지 않는 흑월회.

그들이 문파의 존망을 걸고 움직였다면 그만큼의 보상이 있어야만 할 것이다.

"전 호법님."

"예, 교주님."

"만약 본 교와 흑월회가 천하 통일을 한다면 경제적인 이득이 얼마나 있을 거라 보십니까?"

전박은 잠시 멈칫했다.

그리고 주판을 빠르게 튕기며 계산하기 시작했다.

타닥— 타다닥—

한동안 회의장 안에는 전박이 튕기는 주판 소리만 울려 퍼졌다.

어느 순간 전박이 계산을 멈추고 초류향을 응시했다.

그러다 말했다.

"모든 세력들을 밀어 버리고 중원을 온전히 차지했을 경우 생기는 이득을 단순히 계산하면 현재 천마신교 자금력의 서른 배 정도라 보입니다."

"……!"

천마신교라는 거대 단체.

그런 단체에서 유통되는 자금력은 정말 어마어마한 것이다.

게다가 예전에 사천에서 소금 장사로 막대한 이득도 얻었다.

그 모든 것을 포함한 자금의 서른 배라면 상상하기도 어려울 정도로 무시무시한 금액이 아닌가?

"거기에 더해서……."

전박은 놀라고 있는 사람들에게 무미건조한 어조로 더욱 충격적인 말을 던졌다.

"이건 어디까지나 다양한 변수를 생각하지 않은 계산의 경우입니다. 무림에서 움직이는 모든 물류를 통제하고, 그것을 하나로 단일화했을 때 얻을 수 있는 이득은 저것의 몇 배가 될지…… 현재로써는 알 수가 없는 일이겠지요."

초류향은 입을 다물었다.

단순히 무림을 통일하겠다는 생각만 했지, 거기에 따른 막대한 이권과 그 규모에 대해서는 깊게 생각해 보지 않았다.

한데 냉하영은 이미 그 부분까지 염두에 두고 움직이고 있는 듯하지 않은가?

잠시 고민하던 초류향이 입을 열었다.

"흑월회와 혈맹을 맺는 것은…… 필요한 일인 것 같습니다."

"저도 그렇게 생각합니다만…… 부담이 너무 큽니다, 교주님."

주 호법이 조심스럽게 부정적인 의견을 꺼내었다.

그 역시 흑월회와의 공조는 필요하다고 생각하지만, 대신 그들의 극비 사항을 흑월회에 건네줘야 한다는 부분에 대해서는 대단히 회의적이었다.

그 점은 초류향도 마찬가지였고, 이 자리에 있는 모두가 그 부분이 마음에 걸려서 고민하고 있었다.

그때 사대 세가의 대표로 와 있는 사람들 가운데 유난히 눈에 띄는 젊은 사내.

천씨 세가의 대표 천자후가 조용히 손을 들었다.

초류향이 그를 바라보며 고개를 끄덕이자 그가 조심스럽게 입을 열었다.

"이번 일에서 역시 가장 걸리는 것은 저희가 흑월회 측에 공개해야 할 극비 문서에 들어가는 내용이 아닙니까?"

"그렇다고 볼 수 있겠지."

"하면 어째서 그 극비 문서의 내용을 누락시킬 생각은 하지 않으시는 겁니까?"

초류향은 천자후를 가만히 바라보았다.

그 시선에 너무도 노골적인 비난의 기색이 담겨 있어서 천자후는 잠시 마른침을 삼킨 뒤 대답했다.

"극비 문서 조작이 은인에 대한 도리가 아님은 저도 잘 알고 있습니다. 하지만 그 부분만 아니라면 현재 흑월회와 혈맹을 맺는 것은 아무런 문제도 없지 않습니까?"

"……그건 거론할 가치도 없는 일이다."

"어째서 그런지 여쭤어 봐도 되겠습니까?"

천자후의 질문에 초류향은 잠시 한숨을 내쉬고 입을 열었다.

"냉하영이라는 존재 때문이지."

"그녀에 대한 의리를 말씀하시는 겁니까? 단체와 단체 사이에서 그런 사소한 의리나 신뢰쯤은……."

초류향은 손을 들어 천자후의 뒷말을 막았다.

그리고 주변을 바라보며 입을 열었다.

"설마 다들 이자와 비슷한 생각을 하고 있습니까?"

"……"

모두의 표정이 기묘하게 바뀌는 걸 보니 그들 역시 그런 생각을 안 해 본 것은 아닌 모양이었다.

초류향은 얼굴을 찡그리다 입을 열었다.

"그럼 제가 이것을 처음부터 고려하지도 않았던 이유에 대해서 말씀해 드리겠습니다."

초류향은 탁자 위에 놓여 있는 문서를 지그시 노려보며 입을 열었다.

"지금 저 안에 있는 내용물은 열어 보는 그 순간, 흑월회에 치명적인 타격을 입힐 수 있을 만큼의 극비 문서일 게 확실합니다. 즉, 그녀는 완전히 혈맹이 이루어지기도 전에 그런 위험한 것을 저희에게 보낼 만큼 이쪽을 완벽하게 신뢰하고 있다는 뜻입니다."

"……그건 그렇겠지요."

선우조덕이 고개를 끄덕였다.

평소 냉하영의 명성을 생각했을 때.

그녀가 이런 일로 수작을 부렸으리라 생각되진 않았다.

"그 신뢰를 배신할 수 없다는 게 첫 번째 이유고, 두 번째로…… 가장 결정적인 이유가 있습니다."

초류향은 손가락으로 탁자를 톡톡 치며 말을 이었다.

"바로 냉하영이라는 사람 자체입니다. 제가 판단했을 때, 그녀는 가볍게 속일 수 있는 여자가 아닙니다."

"……."

모두의 얼굴이 신중해졌다.

문서 조작을 해서 흑월회를 속여 보고 싶다는 생각은 다들 하고 있다.

하나 그러기엔 위험부담이 너무 컸다.

그 여우 같은 냉하영이 호락호락 속아 넘어갈 것 같지가 않은 것이다.

모두의 얼굴에 근심이 떠오를 무렵.

초류향이 자리에서 일어나 입을 열었다.

"역시 이런 것은 진솔하게 부딪쳐야 답이 나올 듯합니다."

그들이 무엇 때문에 곤란해하는 것인지 확실해졌다.

그럼 그 부분에 대해서 다시 협상하면 그만인 것이다.

'어렵게 생각하지 말자.'

초류향은 탁자에 놓인 개봉하지 않은 문서를 들고 천천히 움직였다.

다시금 냉하영을 찾아가기 위해서다.

그리고 귀빈실로 향한 초류향은 그곳에서 명상에 잠겨 있는 냉무기와 마주했다.

'혼자 있는 건가?'

감각을 날카롭게 세워 귀빈실 주변을 훑어보아도 근방에는 냉무기 혼자였다.

잠시 머뭇거리던 초류향은 기척을 흘리며 천천히 안으로 걸어 들어갔다.

그러자 냉무기가 입을 열었다.

"손녀가 지금쯤이면 네가 올 것이라 하더군."

"……."

냉하영의 예측대로 움직였다는 사실에 초류향은 얼굴을 찡그렸다가 곧 피식 웃어 버렸다.

생각해 보면 당연한 일이다.

이렇게 중요한 이야기가 한순간에 결론이 날 리 없었다.

양보를 하고 협상을 해 가며 어느 정도 조율 과정을 거치는 게 필수였다.

초류향은 냉무기 바로 앞에 자리를 잡고 앉았다.

그리고 그를 바라보며 입을 열었다.

"야황께서는 저를 기다리고 계셨던 겁니까?"

"그게 아니라면 내가 이곳에 혼자 있을 이유가 없겠지."

"그녀가 용케 자리를 비켜 줬군요."

초류향이 희미하게 웃자 냉무기의 무덤덤한 얼굴에 재미있다는 감

정이 떠올랐다.

"넌 아직 어설프다."

냉무기가 불쑥 던진 밑도 끝도 없는 말에 초류향은 잠시 동안 아무 대답도 하지 않았다.

딱히 긍정도, 부정도 하지 않은 것이다.

냉무기는 그런 초류향을 바라보며 입을 열었다.

"세상 사람들의 말처럼 네가 정말 검황과 비등하게 싸운 것이라 보나?"

"……."

초류향은 잠시 침묵했다.

그러다 씁쓸하게 웃으며 고개를 저었다.

"아닙니다."

검황 백무량과의 승부는 이미 지나갔지만 찜찜한 구석이 너무도 많이 남았다.

여러모로 검황의 실력이 초류향보다 윗줄에 있었다.

그것은 굉장히 미미하고 작은 차이였지만, 그만큼 절대적이었다.

"놈은 너를 일부러 죽이지 않았다. 아마 변덕이었겠지만 그냥 죽이는 것보다 더 큰 절망을 주고 싶었기 때문이기도 하겠지."

초류향은 찌푸린 안색으로 고개를 끄덕였다.

검황 백무량은 천마신교가 확실하게 무너질 것이라 예상했었다.

그는 초류향이 불타 버린 천마신교를 보며 절망에 빠지길 기다린 것이다.

물론 그것 외에도 여러 가지 계산들이 초류향을 살려 보내는 작전 밑에 두껍게 깔려 있었다.

"하나 놈의 그런 욕심이 이제는 제 목숨 줄을 위험하게 만들겠지. 실로 어리석은 놈이다."

초류향은 희미하게 웃었다.

냉무기는 정확하게 판단하고 있었다.

삼황급의 고수는 확실히 대국을 보는 식견이 달랐다.

'나는 분명 과거의 사람들이 정해 놓았던 삼황이라는 기준에 도달했다. 하지만…….'

초류향을 비롯한 후대의 고수들, 즉 적혈명과 구휘 등이 강해져서 삼황 수준으로 성장한 만큼.

그 긴 시간 동안 기존 삼황급의 고수들 역시 마냥 놀고먹지만은 않았다.

흑월야황 냉무기와 태극검황 백무량.

둘 역시 기존보다 더욱 높은 곳에 도달해서 그들을 굽어보고 있었던 것이다.

"여러모로 운이 좋은 놈이다, 너는."

앉아 있던 냉무기의 몸이 가볍게 위로 떠오르기 시작하더니 곧 초류향과 눈높이를 맞추고 멈춰 섰다.

그 모습을 지켜보던 초류향의 눈꼬리가 파르르 떨렸다.

아무렇지도 않다는 듯이 너무나도 태연하게 펼친 능공천상제(凌空天上梯, 허공에서 자연스럽게 움직이는 경공술)에 깜짝 놀란 것이다.

"검황이 마음만 먹었다면 너는 그곳에서 죽었다."

"……."

초류향은 말없이 침묵을 지켰다.

정말로 그곳에서 죽지 않고 살아 나올 수 있었을까?

백무량이 자신과의 싸움에서 전력을 다하고 있지 않다는 것은 시간이 지난 지금에서야 어렴풋한 느낌으로 깨달을 수 있었다.

인정하고 싶지 않지만 백무량은 초류향을 상대로 힘 조절을 하고 있었던 것이다.

"……아마도 살아남기는 힘들었겠지요."

초류향이 바람 빠진 어투로 어렵게 인정하자 냉무기의 입가에 가느다란 미소가 걸렸다.

"놈을 죽이고 싶나? 공손천기의 제자."

냉무기의 말에 초류향은 눈을 번뜩였다.

그가 어째서 자신을 이렇게 홀로 기다리고 있었을까?

여러 가지 생각들이 머릿속을 빠르게 스쳐 지나갔다.

그런 초류향을 보며 냉무기가 입을 열었다.

"너는 그 오만한 공손천기와 빼닮았으면서도 전혀 다른 녀석이다. 그놈은 기회를 마주했을 때 생각을 깊게 하지 않는 편이었지."

기회를 마주했을 때 생각을 깊게 하지 않는다?

그게 무슨 말일까?

잠시 의문을 가졌던 초류향은 번뜩이는 해답을 찾아내고 조용히 자리에서 일어나 냉무기에게 읍을 해 보이며 예를 갖췄다.

"감사합니다, 야황."

"감사는 아직 이르다."

초류향은 냉무기의 냉정한 말에 희미하게 웃었다.

맞는 말이었다.

감사하기는 아직 일렀다.

"한 수 부탁드리겠습니다."

냉무기를 상대로 반드시 무언가 얻어 내야만 했다.

그래야 일부러 이런 시간과 자리를 만들어 준 냉무기에게 진정으로 감사할 자격이 생기는 것이다.

'전력으로 부딪친다.'

진법을 사용해선 안 된다.

냉무기는 백무량처럼 방심하지 않을 것이고, 진법을 펼칠 시간도 주지 않을 게 분명했다.

어설픈 요행을 바랄 수 없는 절대적인 적.

초류향 몸의 근육들이 긴장으로 인해 팽팽하게 당겨졌다.

'단 한 번.'

냉무기를 마주한 초류향의 전신 근육들이 움찔거리며 쉴 새 없이 꿈틀거리고 있었다.

근육을 조였다가 풀며 상대방의 빈틈이나 기회를 엿보는 것이다.

하나 허공에 유령처럼 둥둥 떠 있는 냉무기의 전신에 빈틈 따위는 애초에 존재하지 않았다.

가만히 긴장한 얼굴을 하고 있던 초류향은 이마에 송골송골 맺히는

땀을 느끼며 자신도 모르게 슬그머니 웃었다.

'백무량. 너는 분명 큰 실수를 했다.'

눈앞에서 죽일 수 있었던 적을 살려 둔 것은 분명 엄청난 실수였다.

백무량은 곧 그 사실을 깨닫게 될 것이다.

그리고 그것을 깨닫는 순간이 바로 그가 죽음을 맞이하는 때가 될 것이다.

피잇—

초류향의 몸이 제자리에서 사라지는 그 때.

냉무기의 눈가에 살기가 떠올랐다.

第六章

해답을 구하다

냉무기는 생각했다.

'이놈에게 크기에 맞지 않는 칼을 쥐여 줘도 될까?'

초류향을 처음 보았을 때.

녀석이 어느 정도 경지에 도달했는지 냉무기의 눈에는 너무도 확연하게 보였다.

불과 몇 년 전까지 벽 하나를 돌파하지 못했던 자신과 같은 위치가 아닌가?

나이를 고려하면 이놈의 성장은 비정상적으로 빨랐다.

'하지만……'

이놈의 스승이 공손천기라는 희대의 괴물임을 감안하면, 어찌어찌 이해할 수도 있었다.

그래서 놈을 조금 더 자세히 관찰해 보았다.

그리고 냉무기는 그답지 않게 웃어 버렸다.

'공손천기……'

그놈이 이 어린놈에게 어떤 수작질을 해 놓았는지가 훤히 보였던 것이다.

아마 몇 년 전의 냉무기였다면 알아볼 수 없었을지도 모른다.

하나 지금은 보였다.

공손천기가 저 아이의 머릿속에 무언가 거대한 것을 집어넣고 이리저리 주물럭거려 놓은 흔적.

그것이 아주 희미하게나마 보였던 것이다.

'재미있군.'

그렇게 여유만만하고 오만방자했던 공손천기도 막판에는 정말 어지간히 급했던 모양이다.

놈이 저 아이의 머릿속을 열어서 잘게 잘게 쪼갠 자신의 깨달음을 급하게 쏟아부은 티가 났다.

아마도 저 꼬마는 그것 때문에 한동안 바보 천치로 살아야 했을 것이다.

'그런데……'

더욱더 유심히 지켜보고 있자니 뭔가가 이상했다.

이리저리 아무리 둘러보아도 저건 정상적인 방법으로 공손천기의 봉인을 부순 게 아니었다.

'누군가가 외부에서 개입을 했군.'

이건 더더욱 흥미가 생기는 일이었다.

천하의 공손천기가 공들여 해 놓은 작업을 누군가가 끼어들어 훼방 놓았다는 말이 아닌가?

그 말은 저것의 정체를 알아보는 놈이 냉무기, 본인 말고도 세상에 존재한다는 이야기인데…….

그것은 그것대로 너무도 신선한 충격이었다.

'어떻게 해야 할까.'

다른 놈들의 눈에는 보이지 않겠지만 냉무기에게는 너무도 똑똑하게 보였다.

완벽하게 스며들지 못한 커다란 덩어리들이 초류향의 머릿속 여기저기 어지럽게 묻어나 있는 것이.

만약 초류향이 흩어져 있는 저것들까지 다 흡수하게 된다면 어떻게 될까?

'지금보다 더 높이 올라가긴 하겠지.'

하나 자신에게 그것을 도와줘야 할 이유가 있나?

흥미로운 일이긴 하지만 굳이 그런 번거로움을 감수할 필요가 있을까?

스스로에게 질문을 던져 본 냉무기는 무언가를 떠올리고 씁쓸하게 웃어 버렸다.

'있군.'

과거 공손천기와의 인연이 기억난 것이다.

그 이상한 놈이 자신에게 정말 비싼 밥을 먹여 놓은 모양이다.

그래서 냉무기는 이런 자리를 마련했다.

하지만 그는 결코 친절한 선생님이 아니었다.

초류향이 움직인 것은 아마도 변화가 필요해서였을 것이다.

이대로라면 지쳐서 나가떨어지게 될 테니까.

그래서 달려들었고, 그것은 냉무기도 예상했던 바였다.

그리고 다음 순간 냉무기는 피식 웃어 버렸다.

'좋은 판단이군.'

초류향이 달려드는 척하다가 곧장 뒤로 쭈욱 빠지며 거리를 벌리는 것을 보고 냉무기는 고개를 끄덕였다.

저놈은 적어도 무모하지는 않았다.

그러나 그것이 승부를 바꿀 순 없었다.

피웃—

공간을 쪼개며 덮쳐 오는 검날.

초류향과 냉무기 사이의 거리는 멀었다.

하지만 이미 거리 따위는 상관없었다.

'심검.'

야황 냉무기 역시 백무량과 마찬가지로 심검이라는 벽을 돌파했던 것이다.

그리고 거기까지는 초류향도 예상했었다.

'승부다.'

눈에 보이지도 않는 심검을 피한다는 것은 사실 그렇게 어려운 일이 아니었다.

백무량의 심검을 상대로도 피하지 않았던가?

방법은 간단했다.

심연술을 극도로 집중해서 발휘하면 아주 희미하게나마 심검이 느껴졌다.

초류향이 심연술을 극성으로 발휘하자 냉무기의 시선이 묘하게 바뀌었다.

그것을 눈치채지 못한 채 초류향은 덮쳐오는 심검만을 노려보고 있었다.

'피하면 안 돼.'

초류향은 어금니를 꽉 깨물었다.

피하는 것은 어렵지 않다.

하지만 그것은 결국 패배의 되풀이일 뿐이다.

현재 초류향에게는 심검에 대항할 수 있는 강력한 무기가 필요했다.

확신이 없었기에 백무량의 심검에 사용하지 않았던 것.

'수라환경과 월인도법을 합친다.'

이것으로 과거 꿈속에서 인간이 아닌 괴물.

막수의 몸뚱이에도 구멍을 내지 않았던가?

이 순간은 그것으로 과연 심검을 상대할 수 있을지 확인해 볼 절호의 기회였다.

'심검을 볼 수 있다라….'

이 부분에서는 냉무기도 솔직히 놀라 버렸다.

초류향은 지금 심검을 너무도 정확하게 인지하는 듯 움직이고 있지 않은가?

'그런데도 피하지 않을 속셈이라 이건가?'

태극검황 백무량과의 승부가 어떤 식으로 진행되었는지 냉무기는 전혀 모른다.

그냥 어렴풋이 짐작만 할 뿐.

사실 냉무기는 이번에 초류향에게 그저 심검을 피할 방법이나 알려줄 생각이었던 것이다.

'스스로 피할 방법이나 제대로 찾길 바랐는데……'

믿을 수 없지만 이놈은 아직 벽을 넘어서지도 못한 주제에, 심검을 보고 심지어 그것을 피할 방법도 알고 있는 모양이었다.

'막아 낼 수 있겠나?'

냉무기는 초류향이 양손을 가운데로 모으고 있는 모습을 흥미롭게 지켜보았다.

저것은 아마 초류향이 마지막으로 기대를 걸고 있는 패일 것이다.

'벽을 넘어서지도 못한 녀석이 심검을 막을 비책이 있다?'

아무리 생각해도 방법이 없었다.

냉무기 역시 심검이라는 것을 처음 얻었을 때.

그 위력과 말도 안 되는 활용법을 깨닫고 나서 이것을 막을 수 있는 것은 같은 심검 외에는 없다고 결론 내리지 않았는가.

키이잉—!

초류향은 모으고 있던 양손 사이에서 만들어진 매우 작은, 좁쌀만 한 크기의 무언가를 앞으로 쏘아 보냈다.

아주 조심스러운 태도.

초류향이 땀을 뻘뻘 흘리면서 양손을 뻗어 내는 그 느릿한 동작이 냉무기의 눈에 천천히 그려졌다.

좁쌀만 한 기운의 덩어리.

그것을 가만히 지켜보고만 있던 냉무기의 동공이 순간 크게 확장됐다.

동시에 그가 뿜어낸 심섬과 초류향이 던진 기운이 허공에서 부딪쳤다.

파아아앗—!

폭음은 없었다.

그저 엄청난 빛과 함께 초류향의 신형이 빠르게 벽을 향해 튕겨 나갔을 뿐.

콰콰쾅—!

초류향의 신형이 귀빈실 벽을 부수고 바깥에 있는 외벽과 충돌하려는 그 순간.

복면의 사내.

운휘가 그림자처럼 등장해서 그를 몸으로 받았다.

쿵—

엄청난 충격파가 전해져 오고 운휘가 발을 디디고 있는 돌바닥이 물결처럼 출렁거렸다.

후우우웅—

파장이 사방으로 넓게 퍼져 나가고 운휘의 입에서 가느다란 핏줄기가 흘러나왔을 때.

바닥이 퍽 하는 소리와 함께 아래쪽으로 터져 나갔다.

쿠콰콰콰쾅—!

운휘는 운석에라도 맞은 것처럼 파여 버린 바닥에 앉은 다음 초류향을 조심스럽게 안아 뉘였다.

그리고 품에서 단약을 꺼내어 그의 입안에 밀어 넣었다.

"크흑, 컥!"

고통스러운 얼굴로 피를 게워 내던 초류향의 얼굴에 빠른 속도로 혈색이 돌아왔다.

운휘는 그 모습을 보며 크게 안도했다.

당장 위험한 고비는 넘겼기 때문이다.

잠시 기절한 초류향을 안아 들고 귀빈실로 들어간 운휘는 자신도 모르게 걸음을 멈춰 섰다.

'이건…….'

허공에 유령처럼 둥둥 떠 있던 냉무기.

그가 바닥에 내려앉아 가부좌를 튼 채로 눈을 감고 있었다.

냉무기의 이마에는 식은땀이 송골송골 배어 나왔고, 전신에서는 수증기가 무럭무럭 뿜어져 나오고 있었다.

'내력으로 내상을 치유 중이다.'

운휘는 자신도 모르게 마른침을 삼켰다.

냉무기 주변에서 엄청난 기의 파동이 느껴졌던 것이다.

냉무기는 스스로 방금 입은 치명적인 내상을 빠른 속도로 치유하는 중이었다.

그러다 어느 순간 냉무기가 감고 있던 눈을 떴다.

"음……."

냉무기는 짧은 신음을 내뱉더니 곧장 입에서 검게 죽은 피를 왈칵 토해 냈다.

평소 무감각하고 표정 변화를 거의 찾아볼 수 없는 냉무기였지만 지금은 아니었다.

그는 놀람과, 당혹스러움이 가득한 얼굴로 운휘 품에 안겨 있는 초류향을 바라보고 있었다.

"……보았나?"

냉무기의 나지막한 말에 운휘는 자신도 모르게 고개를 끄덕였다.

무엇을 보았냐고 물어봤는지 알아챘던 것이다.

최후의 격돌 순간을 운휘는 똑똑히 목격했다.

'벽을 뚫고 튕겨 나간 것은 분명히 주군이셨지만…….'

냉무기 역시 무사하지 못했다.

초류향이 튕겨 나간 그 엄청난 반발력을 냉무기는 제자리에서 고스란히 감당했던 것이다.

"심검을 막아 내는 무공이 세상에 있다, 이건가……."

봐서는 안 될 무시무시한 것을 봐 버린 기분이다.

냉무기는 여러 가지 감정이 뒤섞인 복잡한 표정으로 기절해 있는 초류향을 바라보고 있었다.

*   *   *

초류향이 정신을 차린 것은 그로부터 사흘이 지난 뒤였다.

눈을 뜨자 그를 내려다보고 있는 선우조덕이 보였고, 운휘가 그 곁에 서 있는 것이 느껴졌다.

"주군."

운휘가 그림자 속에서 모습을 드러내며 말을 걸자 초류향은 몇 번 눈을 깜빡이다가 갈라지는 음성으로 입을 열었다.

"……어떻게 된 겁니까?"

"꼬박 사흘을 쓰러져 계셨습니다, 교주님."

선우조덕은 한숨을 내쉬며 몸을 일으켰다.

그리고 그답지 않게 정말 크게 화난 얼굴로 입을 열었다.

"교주님은 오장육부가 완전히 뒤집어질 정도의 충격을 받으셨습니다. 그나마 남아 있던 충격의 여파를 운휘가 감당해 주었고, 이놈이 적절하게 내상약을 복용시켜 드렸기에 지금 이렇게 살아 계신 겁니다."

"……."

초류향은 선우조덕이 진심으로 화내는 모습을 처음 보았다.

덕분에 아무런 대답도 못 하고 있을 때, 선우조덕은 얼굴이 붉어질 정도로 분노한 채 초류향과 운휘를 차례로 훑어보며 말했다.

"제가 교주님을 치료하면서 조금이라도 실수했거나 늦었다면, 아마 교주님은 죽거나 폐인이 되셨을 겁니다."

초류향은 선우조덕의 음성에서 전해지는 진심 어린 걱정에 순간 가슴이 뜨끔해졌다.

그래서 초류향은 선우조덕을 향해 손을 뻗어 그의 손을 가볍게 움켜쥐었다.

"미안……합니다. 선우 호법님."

"……"

선우조덕은 아무 말도 하지 않고 그저 입술을 한일자로 꾸욱 다문 채 초류향을 바라보았다.

그러다 그는 인생 다 산 듯한 표정으로 초류향을 바라보며 입을 열었다.

"교주님이 현재 본 교에서 어떤 위치에 계신지 알고 있습니까?"

"……"

초류향은 눈을 깜빡이며 긍정의 눈짓을 해 보였다.

그리고 정말 미안한 얼굴로 선우조덕을 바라보았다.

선우조덕은 초류향의 태도에 한풀 꺾인 음성으로 입을 열었다.

"알고 계신 분께서 이렇게 몸을 함부로 다루십니까? 이 늙은이, 정말 마음 같아서는 냉무기 그 작자를 당장 가루로 만들어 버리고 싶었지만……."

"그……분은 어찌 되셨습니까?"

초류향이 갑자기 생각난 듯 힘들게 묻자 선우조덕은 작게 한숨을 내쉬며 입을 열었다.

"겸사겸사 내상을 치료해 주었습니다. 아마 멀쩡하게 밥도 잘 먹고 잠도 잘 자고 있을 겝니다, 그 망할 영감탱이는."

선우조덕답지 않은 거친 말에 초류향은 눈을 번뜩였다.

'내상을 입었다?'

그 말은 자신이 정신을 잃기 전에 펼쳤던 무공이 효과가 있었다는 말이 아닌가?

거기까지 생각하자 초류향은 자신도 모르게 히죽 웃음이 나왔다.

'좋다.'

초류향은 천천히 호흡을 골랐다.

전신에 어지럽게 흩어져 있던 내력을 끌어모으고, 그것을 한 덩이로 응집해서 몸 안의 균형을 빠르게 맞춰 갔다.

웅웅웅—

선우조덕과 운휘가 급하게 거리를 두고 있을 때.

잠깐 동안의 운기조식으로 상태가 확 좋아진 초류향이 상체를 벌떡 일으켰다.

"아무래도 그분을 뵈러 가 봐야겠습니다. 직접 보고 이야기할 것이 있습니다."

"안 됩니다. 조금 더 몸을 보중하신 후에……."

"선우 호법님."

초류향은 진지한 얼굴로 선우조덕의 말을 끊고 그를 바라보았다.

그러자 선우조덕 역시 묵직한 표정으로 초류향을 응시했다.

"항상 그렇지만 절 돌봐 주셔서 늘 감사하게 생각하고 있습니다."

"……그거야 당연한 일을 했을 뿐입니다. 교주님은 본 교의 주인이 아니십니까?"

초류향은 고개를 끄덕였다.

그리고 여전히 진지한 얼굴로 입을 열었다.

"그렇다면 정말 염치없지만 하나만 더 부탁을 드리고자 합니다."

"……."

선우조덕은 얼굴을 흐렸다.

무언가 강력하게 불안한 느낌이 들었던 것이다.

"정말 미안한 일이지만…… 아마도 앞으로 몇 번 정도는 더 제가 이런 빈사 상태에 빠질지도 모르겠습니다."

"그게 무슨……."

'말도 안 되는 개소리입니까!' 라고 소리치고 싶었지만, 남아 있는 이성이 가까스로 그것을 억눌렀다.

선우조덕이 입술을 푸들거리고 있을 때.

초류향은 그의 주름진 손을 가만히 잡으며 정말로 미안한 얼굴을 해 보였다.

"아무래도 제가 검황을 잡을 해법을 발견한 것 같습니다."

"……."

선우조덕의 눈가가 파르르 떨렸다.

저렇게까지 말하는데 어떻게 거절할 수가 있겠는가?

무언의 허락을 한 그 날부터 한동안, 선우조덕은 이미 없어진 공손천기와 초류향을 속으로 부단히 원망하는 처지가 되었다.

*   *   *

"죽여 주십시오. 검황."

"……."

태극검황 백무량.

그는 손에 들고 있던 서찰을 탁자 위에 올려놓고 허탈한 얼굴로 위를 바라보았다.

그런 검황을 바라보던 정도맹의 군사.

상관중달은 비통한 음성으로 입을 열었다.

"놈을 살려 두면 더 큰 절망을 맛보게 할 수 있다는 말……. 지키지 못하게 되었습니다."

검황은 아무런 말도 하지 않고 천장을 바라보다 조용하게 입을 열었다.

"흑월회가 개입했다는 건가?"

"예."

백무량은 피식 웃었다.

그리고 푹신한 의자에 몸을 깊숙이 맡기며, 자신 앞에서 몸을 빼내던 초류향을 떠올렸다.

"그놈은 악운에 강한 편이구먼."

분명히 죽일 수 있었다.

단순히 놈을 죽이는 것이 목표였다면 충분히 가능한 일이었다.

하나 백무량은 사제의 복수에 너무 매달렸음을 인정해야만 했다.

교주를 자신 앞에 무릎 꿇리고 절망을 맛보게 한 뒤 괴로움 속에 죽이려 한 것이 오히려 독이 되어 버린 상황.

사실 그것 외에도 상관중달이 전략상 필요하다며 넌지시 부탁한 것도 있었기에 놈을 살려서 보내 주었으나, 모두 허사로 돌아갔다.

"……아쉽군."

입맛이 썼다.

그 상황이 아깝지 않다면 거짓말일 것이다.

본래는 초류향을 무릎 꿇리려 했는데 그의 앞에는 지금 상관중달이 무릎을 꿇고 있었다.

씁쓸했다.

"냉하영…… 그 마녀가 움직였다는 것을 너무 늦게 눈치챘습니다."

정보가 부족했다.

사족을 붙이자면 얼마든지 더 덧붙일 수 있었지만 상관중달은 그 부분에 대해서는 일절 내뱉지 않았다.

책임을 맡았으면, 결과에 대해 책임만 지면 된다.

그 외의 나머지는 모두가 비겁한 변명일 뿐.

"너무 자책할 필요 없네, 군사."

백무량은 나른한 얼굴로 고개를 내렸다.

그리고 상관중달을 바라보며 말했다.

"어차피 시간이 조금 더 걸릴 뿐이지. 그놈이 죽는다는 사실에는 변함이 없으니까 신경 쓰지 말게."

"……."

상관중달은 바닥에 깊숙이 머리를 숙였다.

이번에는 완벽하게 냉하영에게 당해 버렸다.

정보전과 책략은 밀접한 관계가 있었다.

어느 하나도 부족해서는 안 되고, 어느 하나도 소홀히 해서는 안 되는 부분인 것이다.

이번 일로 상관중달은 흑월회에도 주의를 집중할 생각이었다.

흑월회가 직접적인 '적'이라는 인식이 흐릿했기 때문에 아주 호되게 당했다.

'두 번 다시 이런 일은 없을 거다.'

상관중달이 그렇게 다짐하고 있을 때.

무언가를 곰곰이 생각하던 백무량이 입을 열었다.

"그나저나 뭔가 이상하군. 황궁이 움직였다면 흑월회의 힘만으로는 막기 어려웠을 텐데? 대체 얼마나 많은 병력을 움직였다는 말이지? 설마 전체 전력을 다 끌고 갔다던가?"

그런 대규모의 병력이 움직였다면 상관중달이 눈치채지 못했을 리가 없다.

그래서 이상한 것이다.

그때 상관중달이 조심스럽게 입을 열었다.

"……그가 움직였다는 정보가 있습니다."

"그?"

잠시 고개를 갸웃거리던 백무량의 나른한 시선에 어느 순간 생기가 감돌았다.

"야황?"

"그렇습니다. 다만 정확한 정보는 아닙니다. 직접 본 사람은 아무도 없기에……."

"아니, 그대도 이미 알고 있지 않은가? 냉무기가 움직인 게 맞을 거야. 그렇지 않으면 이 모든 상황이 설명되지 않으니까."

생각보다 너무 엄청난 변수가 개입해 버렸다.

이건 단순히 흑월회가 움직였다고 볼 것이 아니었다.

야황, 그가 직접 움직인 일이다.

"뒷방에서 조용히 늙어 가는 줄 알았더니 아니었군."

검황의 입가에 미소가 떠올랐다.

그것은 선명한 즐거움이었다.

"놈을 만나면 매우 재미있을 거야."

삼황 중 현재 강호에 생존해 있는 두 사람.

야황과 검황.

그들이 맞붙는다면 어떤 결과가 나올까?

"흑월회도 정리할 때가 되었지."

백무량의 말에 상관중달은 진지한 얼굴로 고개를 들어올렸다.

"계책을…… 짜겠습니다."

"부탁하네, 군사. 이번 실수는 없던 것으로 하지. 불가항력이었음을 인정하네."

냉무기가 개입했다면 상관중달이 촘촘하게 짜 놓은 그물 같은 계책은 근본부터 찢겨져 나갈 수밖에 없었다.

하나 이제는 아닐 것이다.

지금부터는 그의 존재를 염두에 두고 계획을 짜 나갈 테니까.

상관중달의 눈가에 독기가 떠올랐다.

*   *   *

막수는 하루 종일 잠만 잤다.

저 먼 바다 건너에서 이곳으로 날아온 독수리를 잡아 죽인 후 깊은 잠에 빠진 것이다.

"어쩌지, 링링?"

공손아리가 막수의 등을 쓰다듬으며 걱정스럽게 말하자 선우초린은 자신의 어깨에 올라와 있던 거북이를 수조에 내려놓으며 입을 열었다.

"어떻게 생각하지?"

[흠…….]

거북이 선인.

무천은 잠을 자고 있는 막수를 잠시 동안 살펴보다가 입을 열었다.

[너무 큰 힘을 얻는 바람에 그것을 갈무리할 시간이 필요해진 듯하오.]

"큰 힘을 얻었다?"

[그렇소. 아마도 서쪽 대륙의 야차왕을 집어삼킨 듯한데…… 이것은 전례가 없던 일이라 앞으로 어찌 될지 모르겠소.]

찰박찰박—

무천은 작은 수조가 꽤나 마음에 드는 듯 이리저리 헤엄치다가 입을 열었다.

[내버려 두는 것 외에 다른 방법은 없어 보이오만? 지금 괜히 건드리면 망가져 버릴 수도 있소.]

선우초린은 고개를 돌려 공손아리를 바라보았다.

그리고 말했다.

"소군주님."

"응, 링링."

"이제 슬슬 마음의 결정을 내려야 할 때가 된 것 같은데 어떻게 하실 건가요? 정말 그들을 따라 바다를 건너실 생각이신가요?"

공손아리는 잠시 아무 말도 하지 않고 머뭇거렸다.

그녀는 막수의 등을 부드럽게 쓰다듬으며 입을 열었다.

"이곳에 있어도 나는 갈 곳이 없어. 그렇다면 차라리 바다를 건너는 게 낫지 않을까?"

선우초린은 말없이 공손아리를 바라보았다.

평소처럼 따스하고 무한한 애정이 담긴 눈빛이 아닌 서늘하고, 냉정한 시선으로.

"그놈에게서 무작정 도망치려고 하지 마요, 소군주님. 바다를 건넌다는 건 죽음을 각오하는 거예요. 나는 두 손 내려놓고 소군주님을 죽

게 내버려 둘 생각이 전혀 없으니까 내 앞에서 그런 이야기는 하지도
마세요."

"링링……."

공손아리는 울먹거렸다.

지금 이 순간 선우초린이 자신을 진심으로 걱정하고 있다는 게 전
해졌기 때문이다.

"그놈…… 아니, 교주님은 분명 소군주님을 좋아해요. 사실은 알고
계시잖아요? 소군주님도."

"……."

"나는 교주님이 무척 싫어요. 그런데 인정은 해요. 교주님에게는
시대를 바꿀 수 있는 능력이 분명히 있으니까."

선우초린은 화난 얼굴로 주변을 둘러보았다.

그러다가 저 멀리 서서 눈치를 살피고 있는 린과 령을 응시하며 입
을 열었다.

"난 다른 교도들처럼 교주라는 이유만으로 무작정 숭배하지는 않
아요. 그래서 더욱 냉정하게 볼 수 있어요. 교주님이 얼마나 대단한
사람인지. 너무 분명하게 보여서 화가 날 정도예요."

선우초린은 말을 하면서 천천히 공손아리에게 다가갔다.

그리고 그녀를 가볍게 안으며 씁쓸하게 웃었다.

"이제는 돌아갈 시간이에요, 소군주님. 너무 늦으면 소중한 것을
잃을 수 있어요."

"링링……."

"나는 교주님이 너무 싫지만, 소군주님이 행복해지려면 이게 옳다는 것을 이제는 인정해요. 분하지만 그게 맞는 일이겠죠."

공손아리의 머릿결을 부드럽게 쓰다듬으며 선우초린은 얼굴을 일그러뜨렸다.

인정하고 싶지 않은 현실을 인정하는 것은 역시 괴로운 일이다.

선우초린은 한숨을 내쉰 후 입을 열었다.

"이제 가요, 집으로. 이만하면 바람은 충분히 쐬셨지요?"

끄덕끄덕.

공손아리가 고개를 끄덕이자 선우초린은 웃었다.

평소에 냉막하고 차갑던 그녀답지 않은 밝은 웃음이었다.

한데 그 어느 때보다 슬퍼 보이는 것은 왜일까?

"린, 령."

"예! 이화궁주님!"

"떠날 채비를 해라."

"알겠습니다!"

린과 령이 짐을 꾸리고 있을 때.

공손아리가 입을 열었다.

"작별 인사 정도는 하고 와도 되겠지?"

잠시 고민하던 선우초린은 고개를 저었다.

"조용히 떠나는 게 좋겠어요, 소군주님. 어찌 되었건 그들도 황실의 사람. 괜히 일이 꼬일 수 있으니까요."

공손아리가 아쉬운 얼굴을 해 보이자 선우초린의 마음이 흔들렸다.

'어차피 마지막인데…….'

선우초린은 공손아리에게는 한없이 관대해지는 자신을 탓하며 입을 열었다.

"그럼 최대한 짧게 인사하고 오도록 하죠."

"정말 그래도 돼?"

"그 정도는 될 듯해요."

"와아!"

공손아리는 기쁜 얼굴로 선우초린을 꽉 껴안았다.

선우초린 역시 공손아리를 가볍게 포옹하며 웃어 보였다.

'이제 돌아가야지.'

천마신교를 떠난 지도 한 달이 넘어간다.

너무 오래 자리를 비워 두었다.

돌아가면 아버지에게 욕먹을 생각을 하니 벌써부터 머리가 지끈거리는 선우초린이었다.

*   *   *

사흘 전.

천마신교의 귀빈실.

그곳에 냉하영이 서 있었다.

"아주 엉망진창이네요, 할아버지."

"……."

냉하영은 무언가 불만이 있는 듯 그녀의 할아버지를 올려다보았다.

"왜 교주에게 이렇게 선심을 쓰는 거예요? 할아버지가 이렇게까지 해 줄 필요는 없는 거잖아요?"

냉무기는 자신의 손녀를 물끄러미 바라보았다.

그러다 말했다.

"공손천기에게는 개인적인 빚이 있다. 지금은 그것을 갚는 중이라고 보면 되겠군."

"……제가 납득할 수 없는 말이라는 건 할아버지도 알고 계시지요?"

냉무기는 뾰족한 어투의 냉하영을 보며 피식 웃었다.

확실히 세상에 내려오니 이전과 달리 하루에도 몇 번씩 감정 변화가 생기곤 했다.

씩씩대고 있는 냉하영을 바라보다가 냉무기가 그녀의 머리에 손을 올려놓으며 말했다.

"나도 놈에게서 얻은 것이 있으니 너무 손해라고 생각하지 마라."

"할아버지가 교주에게 얻은 것이 있다구요?"

냉하영이 믿을 수 없다는 얼굴을 해 보일 때.

냉무기는 고개를 끄덕였다.

"공손천기와는 다른 종류의 괴물이다, 그 놈은. 조금 더 살펴볼 필요가 있다."

냉무기는 느낀 그대로를 솔직히 말했지만 냉하영은 믿지 않았다.

그저 할아버지가 일방적으로 초류향에게 가르침을 내리는 중이라 여긴 것이다.

'그럴 거면 차라리 우리 시엽 님이나 더 챙겨 주시지……. 이건 너무하시잖아.'

사실 이 부분이 가장 큰 불만이었다.

초류향을 챙길 바에는 실질적으로 그녀의 옆에 있어 주는 시엽의 무공이나 올려 주는 게 더 낫지 않은가?

하나 시엽이 바로 옆에 있어서 그런 이야기는 차마 하지 못하는 냉하영이다.

"아무튼 치료를 받고, 방을 새로 받아야겠어요. 여긴 다 부서져서 있을 수 없겠네요."

냉무기는 고개를 끄덕였다.

그러자 잠시 뒤 운휘가 와서 공손한 태도로 새로운 방을 안내해 주었다.

물론 선우조덕을 데려와 치료도 해 주었다.

그렇게 치료를 다 받고 나서 냉무기는 입을 열었다.

"녀석은 다시 올 거다."

"다시 오겠죠. 저랑 해야 할 거래가 산더미처럼 많이 남아 있으니까."

냉무기는 고개를 저었다.

"녀석은 나를 찾아올 거다."

"……왜요?"

"욕심이 생겼을 테니까."

욕심?

무슨 욕심?

냉하영이 어리둥절한 얼굴을 해 보일 때.

냉무기가 입을 열었다.

"비장의 무기를 손에 쥐고 싶은 욕망이 생겼겠지. 놈이 무인이라면 네가 아니라 나를 찾아오게 될 거다."

"그럼 할아버지는 틀렸어요. 교주는 무인보다 학자에 가까운 사람이죠. 나를 찾아올 거예요."

단정 짓는 듯한 냉하영의 말에 냉무기는 더 이상 대답하지 않고 슬그머니 웃기만 했다.

그 웃음에 담겨 있는 여러 가지 의미를 당시의 냉하영은 몰랐다.

사흘 뒤 귀빈실에 다시 찾아온 초류향을 마주하고 나서야 알게 되었으니까.

"할아버지를 찾아왔다고?"

"그래. 흑월야황을 만나고 싶다."

"……너 내가 제의한 거래는 어떻게 하고? 지금 이럴 시간이 없잖아, 우리에겐?"

"이건 그것보다 훨씬 중요하고 시급한 문제다. 어르신을 만나 뵈어야겠다."

이 녀석이 이렇게 막무가내였던가?

냉하영은 지끈거리는 이마를 부여잡고 초류향을 노려보았다.

"뒷감당을 할 자신 있지? 나 화내면 무서운 사람이야."

초류향은 잠시 움찔했다.

그러다 냉하영을 지그시 바라보며 진지하게 입을 열었다.

"내가 어르신에게 무언가를 얻게 된다면, 그것은 아마 다른 어떤 계획들보다 천하 통일에 가장 가깝게 갈 수 있는 지름길이 될 거다."

냉하영은 입술을 깨물었다.

분하지만 맞는 말이기 때문이다.

지금은 초류향이 강해지는 게 서로를 위해서 좋았다.

"……들어가 봐. 안 그래도 기다리고 계시니까."

"고맙다."

초류향은 냉하영을 스쳐서 방 안으로 들어갔다.

그곳에는 냉무기가 사흘 전처럼 가부좌를 튼 채로 눈을 감고 앉아 있었다.

초류향은 그 앞에 성큼성큼 다가가 읍을 해 보이며 말했다.

"한 수 배우겠습니다."

냉무기의 눈이 뜨여지고 그의 입가에 가느다란 미소가 떠올랐다.

第七章

월인천강

"저에게 이렇게까지 가르침을 베풀어 주시는 이유에 대해서 알 수 있겠습니까?"

시작하기 전에 확실하게 해 두고 싶었다.

초류향이 진지하게 묻자 냉무기는 무덤덤한 얼굴로 입을 열었다.

"공손천기에게 빚이 있다. 지금은 그걸 갚는 중이지."

초류향은 고개를 갸웃거렸다.

언뜻 말이 되는 듯했지만 어딘가 걸리는 구석이 있었다.

"제 스승님에게 말씀이십니까?"

"그래."

냉무기의 말에서 초류향은 무언가 이상함을 느꼈지만 그게 뭔지 생각하기도 전에 냉무기가 먼저 움직였다.

피웃—

초류향은 자신의 귓불을 아슬아슬하게 스쳐 지나간 심검을 느끼고 제자리에서 화석처럼 굳어 버렸다.

냉무기가 움직이지 못하는 초류향을 바라보며 입을 열었다.

"역시 너는 심검을 눈으로 직접 보는 게 아니다. 무언가 특별한 조건이 필요한 모양이군."

초류향은 고개를 끄덕였다.

숨길 필요는 없었다.

무언가를 얻기 위해서는 이쪽도 상대방에게 솔직해질 필요가 있었던 것이다.

"사전에 감각을 극대화할 필요가 있지요."

심연술을 발휘해서 전신의 감각을 깨운다.

그런 이후에야 심검이 겨우겨우 보일 뿐이다.

지금처럼 아무런 동작도 예고도 없이 이루어진다면 그냥 당할 수도 있었다.

"머리가 차가워지니 어디가 이상한지 보이는군요."

초류향은 귓불을 만지작거리다 냉무기를 똑바로 바라보았다.

그리고 질문했다.

"사부님과 만나신 적이 있었습니까?"

삼황의 둘.

암흑마황과 흑월야황은 만난 적이 없다.

'적어도 공식적으로는 그렇지.'

그런데 지금 냉무기의 말을 들어 보면 만난 적이 있는 것 같지 않은가?

현시대 최강자라고 불리는 사람들이 바로 삼황이다.

그들이 만났다면 그냥 넘어갔을 리가 없다.

"만난 적이 있지."

역시 예상대로였다.

공손천기는 왜 이런 중요한 이야기를 한 번도 해 주지 않았을까?

초류향이 속으로 서운해할 때 냉무기가 무덤덤한 시선으로 말했다.

"그때 생긴 빚을 갚는 중이다."

초류향은 궁금했다.

과연 둘 사이에 무슨 일이 있었을까?

그야말로 엄청난 역사적 사건이 아닌가?

당장이라도 당시의 이야기를 묻고 싶은 호기심이 불쑥불쑥 고개를 쳐들었지만 초류향은 가까스로 그 감정을 억눌렀다.

하나의 확정적인 결과에 도달했기 때문이다.

'사부님이 지셨을 리가 없다.'

당연한 일이다.

그의 사부인 공손천기.

그는 역사상 그 누구와도 비교가 불가능한 괴물이다.

냉무기가 강한 것 역시 명백한 사실이었지만 두 사람이 맞부딪쳤을 때의 결과는 너무도 뻔했다.

'그랬군.'

어느 정도 결론을 낸 후 초류향은 신중한 얼굴로 냉무기를 바라보았다.

그리고 최대한 공손하게 자세를 잡고 그에게 입을 열었다.

"한 수 배우겠습니다."

냉무기는 고개를 끄덕였다.

그리고 가만히 초류향을 살펴보았다.

두 사람은 각자 가지고 있는 무공의 종류가 너무나도 달랐다.

말로 조언해 줄 수 있는 것은 아무것도 없다.

이럴 때는 직접 부딪치면서 몸으로 체득하는 게 최선이었다.

'그럼 일단…….'

초류향은 집중했다.

그리고 그 앞에 있는 냉무기도 조금 전보다 더욱 진지한 얼굴로 집중했다.

'궁금하군.'

초류향이 펼치는 무공의 종류가 무엇인지 그 역시 궁금했다.

심검을 막아서는 무공.

그 정체가 궁금하지 않다면 그 사람은 아마 무인이 아닐 것이다.

그때 초류향의 이마에서 희미한 붉은빛이 일렁거렸다.

'눈?'

붉은 눈.

저번에 보았던 그것이었다.

잠시 고개를 갸웃거린 냉무기는 심검을 발현해서 초류향을 공격해 보았다.

거의 동시에 초류향이 흐르는 물처럼 유연하게 움직여 심검을 피했다.

아마도 초류향이 심검을 피할 수 있는 비결은 바로 저 붉은 눈인 모양이다.

'저거였군.'

냉무기가 미미하게 고개를 끄덕일 때.

초류향이 양손을 가슴께에 모은 채 조용히 앞으로 내밀었다.

파스스—

주변의 공기가 빨려 들어가면서 뜨겁게 번쩍이는 빛의 덩어리가 서서히 생겨났다.

'저거다.'

냉무기는 시선을 집중했다.

그러자 보였다.

초류향의 양손에서 각기 다른 종류의 기운이 뿜어져 나와 중간에서 뭉쳐 들어가고 있는 것이.

냉무기는 그것을 한참 살펴보다가 그 힘이 정점에 이르렀을 때 벼락처럼 심검을 휘둘렀다.

초류향이 손을 뻗은 것도 거의 같은 순간이었다.

번쩍—

엄청난 열기의 폭풍과 함께 초류향의 몸이 뒤로 튕겨 나갔다.

쿠콰콰쾅—!

184 수라왕

벽을 부수고 바깥으로 튕겨 나가는 초류향을 이번에도 운휘가 나타나 받아 내었다.

냉무기는 한동안 제자리에 서서 복잡한 시선으로 그 모습을 지켜보았다.

그러다 운휘가 응급처치를 마치고 초류향을 데리고 급하게 사라지고 나서야 깊은 숨을 몰아쉬었다.

"후우……."

냉무기는 멀쩡했다.

처음과는 달리 대비가 되어 있었기에 부상은 그렇게 크지 않았던 것이다.

그저 가볍게 서서 운기조식을 하는 것만으로도 거의 완치가 되었다.

'보였다.'

냉무기는 초류향이 어떤 형식으로 무공을 펼치는지 한눈에 똑똑히 파악할 수 있었다.

그것은 생각지도 못한, 그리고 너무도 위험한 무공이었다.

'기운과 기운이 반발하는 힘을 사용한다?'

저래서야 주화입마에 걸려서 폐인이 되어도 할 말 없는 무공이 아닌가?

'하지만…….'

냉무기는 심각하게 고민하면서 자신이 본 것들을 마음속으로 차분하게 정리하기 시작했다.

다음 날 초류향이 멀쩡한 모습으로 그를 다시 찾아오자 냉무기가 입을 열었다.

"천마신교의 의술이 제법이군."

"예. 약제당주가 실력이 좋습니다."

"몸은 괜찮나?"

"예."

초류향이 오른팔을 휘둘러 보이며 웃음 짓자, 냉무기가 그를 지그시 바라보며 말했다.

"두 개의 큰 기운……. 하나는 수라환경이겠고, 다른 하나는 월인도법인가?"

"……!"

"두 힘을 부딪쳐서 그때 생긴 파괴력으로 심검을 막는 것 같군."

초류향은 냉무기를 가만히 응시했다.

과연 삼황의 하나이자 전설적인 고수다웠다.

초류향이 펼친 무공이 어떤 원리에 기반을 두고 있는지 단번에 읽어 낸 것이다.

"그 무공이 위험하다는 것쯤이야 너도 잘 알고 있겠고, 한 가지 이상한 점이 있는데…… 그것을 알기 위해서는 한 번 더 봐야겠다."

냉무기가 말을 하며 자세를 잡자 초류향은 고개를 끄덕였다.

초류향도 마찬가지로 어제 냉무기와의 부딪침을 통해 얻은 것이 있었다.

'문제는 그것 역시 확인 작업이 필요하다는 것.'

이건 어쩔 수가 없었다.

머릿속으로 그려 보는 것만으로는 한계가 너무도 분명했기 때문이다.

초류향은 어금니를 깨물었다.

심검과 부딪치면 내장이 뒤집어지는 고통과 함께 정신이 날아가 버린다.

'하지만……'

그 정도쯤이야 얻어 내는 것에 비하면 싼 대가였다.

그렇게 억지로 위로하며 초류향은 내력을 끌어 올렸다.

'간다.'

그가 심연술을 발동하고 양손에 기운을 응집시키자 냉무기가 심검을 날렸다.

피웃―

둘 사이의 기운이 부딪치고 초류향의 의식은 또 거기에서 끊어졌다.

"역시 그랬군."

냉무기는 쓰러진 초류향을 보며 고개를 끄덕였다.

어제와는 달리 오늘은 벽에 부딪치는 것으로 끝이 났다.

지금까지와는 다르게 벽을 뚫고 저 멀리 튕겨 나가지 않은 것이다.

"아무래도 이 녀석도 눈치채고 있었던 모양이군."

자신이 느낀 것을 이놈도 느낀 모양이다.

냉무기는 바닥에 널브러져 있는 초류향을 내려다보다가 입을 열었다.

"어제보다 상태가 좋지 않을 것이다. 잘 치료해서 데려와라."

"……"

운휘는 초류향을 업으며 고개를 끄덕였다.

그렇게 운휘가 초류향을 업은 채 사라지자 냉무기가 입을 열었다.

"엽아."

그의 말이 끝나기가 무섭게 등 뒤쪽에서 시엽이 그림자처럼 등장하며 대답했다.

"예, 스승님."

"보았느냐?"

"예. 보았습니다."

냉무기는 고개를 끄덕였다.

그가 초류향에게 이렇게 과도한 친절을 베푸는 이유는 간단했다.

그와 초류향의 비무를 지켜보며 시엽이 성장하기를 바란 것이다.

"아마 저놈은 내일 나에게서 무언가를 얻어 갈 것이다. 훔쳐 가는 것이지."

"……."

"네가 보았을 때는 저놈이 나에게서 무엇을 훔쳐 갈 것 같으냐?"

시엽은 잠시 머뭇거렸다.

솔직히 뒤에서 쭉 지켜보았지만 그의 수준에서는 아직 아무것도 보이지 않았다.

시엽이 입을 다문 채 난감한 얼굴로 서 있자 냉무기는 조용하게 입을 열었다.

"균형이다."

"……균형 말씀이십니까?"

"그래."

냉무기는 초류향이 사라진 곳을 바라보며 입을 열었다.

"저놈은 지금 굉장히 위태로운 상태다. 수라환경의 기운이 월인도법의 힘을 잡아먹고 있지. 평소라면 별문제 없겠지만 지금과 같은 괴상한 무공을 쓰려면 그래선 곤란하다."

냉무기는 자신의 손을 바라보았다.

조금 전 부딪침의 충격이 고스란히 전해져 온 손.

"두 개의 무공이 완벽하게 균형이 맞을 때, 저놈은 심검을 부서뜨릴 수 있는 힘을 가지게 될 것이다."

"……!"

깨달음이 미치지 못했는데 단순히 무공의 힘만으로 심검을 부술 수가 있다는 말인가?

이 얼마나 황당한 일일까.

"공손천기가 저 아이를 괴물로 만들어 놓은 것은 맞다. 그리고 거기에서 내가 놈을 한층 더 끌어올리는 것도 맞지."

냉무기는 입가에 미소를 그리며 말했다.

"하지만 공짜로 가르침을 줄 수는 없다. 너는 앞으로 저 아이의 무공을 우리 방식으로 응용할 방법을 찾거라. 그렇다면 이건 손해 보는 거래는 아닐 것이다."

초류향의 무공은 분명 다른 방식으로도 응용할 수 있을 것이다.

그것을 본인에 맞게 변형해서 가져올 수만 있다면 냉무기의 말처럼 크게 손해나는 장사는 아니었다.

"그럼 놈이 어디까지 눈치챘을지 기다려 보도록 하지."

시엽은 놀란 얼굴을 애써 감추며 냉무기를 바라보았다.

평소 지독할 정도로 무덤덤하고 무미건조한 냉무기였다.

한데 지금의 냉무기는 너무도 즐거워 보였다.

초류향이라는 존재가 냉무기에게 의외의 즐거움을 선사한 것이다.

*　　　*　　　*

"방법을…… 찾았다."

다음 날 아침.

초류향은 눈을 뜨자마자 자신의 두 손을 바라보며 흐뭇하게 웃었다.

마지막에 냉무기의 심검과 부딪쳤을 때, 초류향은 예상했던 것처럼 심검이 흔들리는 것을 보았다.

'월인도법의 힘을 더욱 키워야만 한다.'

지금은 수라환경이 월인도법의 기운을 너무 압도적으로 찍어 누르고 있었다.

힘이 불균형한 것이다.

그래서 최종적으로 힘이 터져나갈 때, 위력이 죽어 버린다.

'문제는…….'

월인도법의 힘을 어떻게 단기간에 키울 수 있을지가 관건이었다.

초류향이 그대로 침상에 누워서 고민하고 있을 때.

선우조덕이 안으로 들어와 입을 열었다.

"몸은 어떠십니까?"

"괜찮습니다, 선우 호법님."

초류향이 상체를 일으키며 미소 짓자 선우조덕은 고개를 절레절레 저었다.

"매번 이런 식이면 몸이 견뎌 내질 못할 겁니다."

탕약과 침으로 내상을 조절하는 데에도 분명 한계가 있다.

워낙에 초류향의 무공 경지가 높아서 그것이 겉으로 보이지 않을 뿐이지, 이런 식으로 내상이 누적되면 나중에는 돌이킬 수 없을지도 모른다.

선우조덕이 걱정하는 것은 바로 그 부분이다.

"오늘은 머릿속에 정리된 것에 대해서 이야기만 하고 올 생각이니 걱정하지 않으셔도 됩니다."

"정말이십니까?"

"예, 선우 호법님."

초류향은 고개를 끄덕이며 가벼운 발걸음으로 냉무기를 찾아갔다.

그러나.

일이 초류향의 예상과는 전혀 다르게 흘러가기 시작했다.

*   *   *

참 이상한 일이었다.

사람은 죽으면 곧장 저승으로 끌려가는 것이 아니었던가?

하나 신기하게도 화령은 여전히 이승, 십만대산에 머무르고 있었다.

몸이 가벼워진다고 여긴 순간부터 그녀는 모든 미련을 버렸지만 오직 한 가지 아쉬운 점이 있었다.

저승으로 가기 전에 초류향을 한 번 더 만날 수 없었다는 것.

화령은 서글픈 생각이 드는 한편 애써 자신을 타일렀다.

'욕심부리지 말자.'

한데 사람 마음이라는 게 참으로 우스워서 버리자고 생각하면 할수록 단념하기가 힘들어진다.

작은 소원이 점점 걷잡을 수 없이 커지더니, 결국 화령은 저승으로도 가지 못한 채 줄곧 초류향의 주변을 맴돌게 되었다.

모든 사태가 진정된 후 초류향이 그녀를 찾아왔지만 그는 영혼이 된 화령을 미처 보지 못했다.

차갑게 식어 버린 화령의 시신만 보다가 떠나 버린 것이다.

'어떻게 해야 하지……'

초류향은 항상 너무도 많은 영혼들에 둘러싸여 있었다.

그의 몸에서 눈부신 광채가 흘러나왔기에 영혼들이 그 빛에 이끌려 들러붙는 탓이었다.

'저 빛은 뭘까?'

화령은 영혼들의 틈바구니에 숨어 초류향의 몸에서 흘러나오는 빛을 유심히 지켜보았다.

놀랍게도 그 빛에 닿은 영혼들은 천천히 몸이 사라지더니 곧 성불해 버렸다.

그래서 화령은 최대한 멀찍이 떨어져서 그런 초류향을 계속 살펴보고 있었다.

'교주님……'

초류향이 냉무기를 만나고, 그에게 초주검이 되었을 때도 화령은 그저 지켜볼 수밖에 없었다.

다가가면 성불해 버릴 테니까.

이런 상태지만 조금이라도 더 초류향을 지켜보고 싶은 게 화령의 솔직한 심정이었다.

'그런데……'

오늘따라 초류향의 상태가 평소와는 좀 달랐다.

유난히 들뜬 걸음걸이로 냉무기를 만나러 가는 초류향의 입가에는 미소가 그려져 있었고, 주변의 광채도 보통 때보다 한층 밝았다.

화령이 그 모습을 조용히 살펴보고 있을 때.

초류향이 걸음을 멈추었다.

'어?'

화령은 움찔했다.

초류향의 시선이 그녀를 향해 있었기 때문이다.

잠시 머릿속으로 여러 가지 생각들이 스쳐 지나갔다.

'……어차피 안 보이실 거야.'

그동안 초류향은 무수히 많은 영혼들이 있어도 인식하지 못했는지 아무런 반응이 없었다.

근데 오늘은 달랐다.

194 수라왕

제자리에 우두커니 서서 그녀를 멍하게 살펴보는 것이 아닌가?

'말도 안 돼.'

보이지 않을 것이다.

화령은 사자(死者, 죽은 사람).

산 사람 눈에는 보일 리가 없었다.

한데 너무도 뚜렷한 시선이 느껴지자 화령은 당황했다.

주춤주춤 물러서던 그녀는 결국 초류향에게서 등을 돌렸다.

왜인지는 알 수 없지만 도망가야 할 것 같았다.

그때.

"화령……?"

초류향의 입에서 흘러나온 단어가 주문처럼 그녀의 발걸음을 멈춰 세웠다.

화령이 숨을 죽인 채 뒤를 돌아보자 초류향이 입가에 환한 미소를 그리며 말했다.

"오랜만입니다, 화령 님."

[…….]

어떻게 된 걸까?

왜 자신이 눈에 보이는 거지?

화령이 혼란스러운 얼굴을 할 때.

초류향의 뒤에서 그림자가 일렁이며 운휘가 입을 열었다.

"무슨 일이십니까, 주군?"

"아…… 운휘 님, 잠시만 기다려 주시겠습니까?"

초류향은 의아한 얼굴의 운휘를 내버려 두고 화령을 향해 걸음을 옮겼다.

그러자 화령은 소스라치게 놀라며 뒤로 물러선 후 말했다.

[화령이 교주님을 뵙습니다.]

초류향은 화령의 인사를 받고 움찔거리며 제자리에서 멈춰 섰다.

그러다 뒷머리를 긁적였다.

이렇게나마 그녀를 만나서 반가운 마음에 말을 걸었지만 따지고 보면 그녀가 죽게 된 것은 초류향의 탓이 아니었던가?

미안한 마음이 들었다.

"눈은…… 보이시는 겁니까?"

[네.]

초류향이 질문하자 화령이 고개를 끄덕였다.

죽고 나니 모든 신체적인 제약에서 자유로워졌다.

보이지 않았던 눈도 보이게 되었고, 배고픔과 피곤함도 사라졌다.

'생각해 보니 나는 교주님을 도울 수가 있다.'

초류향이 어떻게 자신을 보는지는 모르겠지만 이렇게 대화가 가능하다면 그를 도울 방법은 꽤나 많았다.

화령이 막 거기까지 생각을 했을 즈음.

초류향이 씁쓸한 얼굴로 입을 열었다.

"미안합니다. 저 때문에……. 제가 조금만 더 신중하게 판단을 해야 했습니다."

화령은 기쁜 마음으로 말을 꺼내려다가 초류향의 갑작스러운 사과에 당황했다.

그러나 그가 왜 사과하는지 알았기에 곧장 고개를 저었다.

[저에게 미안하실 필요 없습니다, 교주님. 이것은 제가 선택한 일입니다. 아무런 원망도 하지 않는다는 말, 듣지 않으셨습니까?]

"하지만…… 제가 그때 당신을 말렸어야 했습니다."

초류향이 괴로운 얼굴로 말하자 화령은 입술을 깨물었다.

그녀는 이런 것을 원한 게 아니었다.

자신은 그저 초류향을 먼발치에서 지켜보면 그것으로 만족할 수 있었다.

한데 어쩌다 이렇게 일이 된 것일까?

마음이 좋지 않았다.

'어떻게 해야 할까.'

그녀가 고민하고 있을 때.

초류향이 걸어왔다.

화령이 다시금 뒤로 물러서서 거리를 두자 초류향의 얼굴 위로 의아함이 떠올랐다.

[다가오시면 안 됩니다, 교주님.]

"……이유가 있습니까?"

화령은 초류향의 몸 주변에 번쩍이는 광채에 대해서 설명했다.

가까이 다가가면 영혼이 성불되어 버리는데 정작 초류향 본인은 그런 상황을 인식하지 못하고 있는 듯했다.

화령의 이야기를 다 들은 초류향은 고개를 끄덕이며 입을 열었다.

"그게 문제라면 해결 방법이 있습니다."

쿠드드득—

초류향의 머리 위로 붉은색 눈이 떠올랐다.

냉무기와 싸우면서 항상 사용했던 그 심연술이다.

"이것을 이렇게 위로 날려 보내면 될 겁니다."

초류향이 심연술을 하늘 위로 띄워 보내자 확실히 그의 몸 주변에 번쩍이던 광채가 급격하게 줄어들었다.

대신 망령들이 초류향의 몸뚱이를 향해 우르르 달려들었다.

화령이 멍하게 그 광경을 바라보고 있을 때.

초류향은 망령들에게 둘러싸인 상태로 화령에게 걸어왔다.

"저는 괜찮습니다, 화령 님."

[…….]

점점 가까이 다가오던 초류향을 보던 화령은 당황해서 얼어붙어 버렸다.

어떻게 말을 해야 할지, 무슨 반응을 보여야 할지 몰랐던 것이다.

그때 화령 앞에 선 초류향이 그녀의 손을 잡으며 입을 열었다.

"당신에게는 미안한 일이 참 많습니다. 하지만 이렇게라도 만날 수 있게 되어 저는 솔직히 지금 무척이나 기쁩니다."

화령은 정신을 차리기 위해 필사적으로 노력했다.

초류향은 몰랐다.

그녀가 그를 얼마나 연모하고 있는지, 전혀 모르고 있었다.

가까스로 마음을 추스른 화령이 겨우 입을 열었다.

[……저도 기쁩니다, 교주님.]

초류향은 환하게 웃었다.

그 웃음을 보면서 화령은 생각했다.

자신이 아직까지 이곳에 머물러 있던 이유는 바로 초류향의 저 웃음을 보기 위함이었다고…….

저 미소만 볼 수 있다면 어떤 형태로든 그녀는 상관없었다.

단지 조금 떨어져 있던 운휘만이 초류향을 걱정스러운 얼굴로 바라보고 있었다.

*   *   *

운휘는 냉무기를 만나러 가는 초류향의 뒤를 따르며 진지하게 질문했다.

"화령이 근처에 있습니까?"

"예. 바로 뒤에 있습니다."

초류향의 대답에 운휘는 뒤를 바라보았다.

하나 그의 눈에는 아무것도 보이지 않았다.

'귀신을 볼 수 있다는 말인가?'

워낙에 여러 가지 능력이 많은 초류향이었다.

그러니 귀신을 볼 수 있다고 하더라도 납득이 되지 않는 것은 아니다.

단지 왜 하필 '지금'이어야 했을까?

'화령이 죽은 지 벌써 많은 시간이 지났다.'

한데 그때 바로가 아니라 왜 지금에야 화령의 모습을 볼 수 있는 걸까?

머릿속으로 여러 가지 의문이 떠올랐지만 운휘는 굳이 입을 열어 묻지 않았다.

이유야 어찌 되었건 그의 주군이 화령이 있다고 하면 그는 그렇게 믿어야 했다.

탁—

그들은 그렇게 각자의 생각에 빠진 채 냉무기가 있는 처소에 도착했다.

평소와 똑같은 모습으로 앉아 있는 냉무기 앞에 마주 앉은 초류향이 입을 열었다.

"월인도법이 문제였습니다. 수라환경에 비해서 힘이 많이 부족합니다."

냉무기는 감고 있던 눈을 떴다.

그리고 고개를 끄덕이며 말했다.

"정확하게 봤다."

"이건 지금 당장 어떻게 할 수 있는 문제가 아닌 것 같습니다. 조금 더 시간을 들여서 월인도법의 경지를 더욱 깊이까지 깨달아 보려고 합니다. 아무래도 방어적인 무공이다 보니 공부에 소홀했습니다."

초류향의 말을 조용히 듣고 있던 냉무기는 웃었다.

그 웃음에 조금 의미심장한 기운이 떠올라 있었다.

"너는 네 판단이 옳다고 여기느냐?"

"이것 외에 다른 방도가 있습니까?"

초류향이 고개를 갸웃거리며 묻자 냉무기는 조용히 웃어 보였다.

동시에 그의 몸이 허공에 둥실둥실 떠올랐다.

초류향도 몸을 일으켜 그의 앞에 엉거주춤 섰을 때.

냉무기가 입을 열었다.

"깨달음은 시간을 투자한다고 해서 거저 오는 것이 아니다. 그걸 직접 몸으로 깨닫게 해 주겠다."

"그게 무슨……."

냉무기가 질문을 하려던 초류향을 향해 손을 뻗었다.

동시에 초류향은 본능적으로 손을 들어 올려서 전면을 막았다.

콰아앙―!

폭음과 함께 초류향이 뒤로 한참 밀려났다.

냉무기가 쓴 무언가가 초류향의 손과 충돌해서 튕겨 나갔다.

그리고 그것은 심검이 아니라 순수한 무공이었다.

"천하에 무공이 수라환경만 있는 건 아니지. 마찬가지로 월인도법도 분명 뛰어나긴 하지만 그것만이 이 세상의 전부는 아니다."

우우우웅―

냉무기의 전신에서 당장이라도 베일 듯 살벌한 기세가 흘러나왔다.

그것은 원초적인 죽음의 기운이었다.

'월야탈백마검(月夜脫魄魔劍).'

과거 냉무기를 야황으로 만들어 준 절대적인 무공이다.

냉무기는 본인 스스로가 만든 검법을 극성까지 익히면서 그 외의 다른 것들은 모두 다 잊었다.

그가 알고 있는 단 하나뿐인 최강의 검법.

그것을 지금 초류향에게 보여 줄 생각이었다.

"견디지 못한다면 죽일 것이다. 공손천기의 제자."

"……."

초류향은 저릿저릿한 팔목을 털어 내며 천천히 냉무기를 바라보았다.

그의 몸에서 흘러나오는 사나운 기세는 여태껏 평온하고 무덤덤했던 그를 악귀처럼 보이게 만들었다.

'진심으로 상대하길 원하고 있다.'

초류향은 천천히 호흡을 골랐다.

야수가 뿜어내는 숨결처럼 거친 기운이 피부에 와 닿자 흥분으로 전신이 떨려 오기 시작했다.

초류향은 두 손을 모아 읍을 해 보이며 냉무기에게 말했다.

"그럼 한 수 부탁드리겠습니다."

사실 초류향은 냉무기가 무엇 때문에 이렇게 서두르는지 잘 몰랐다.

하나 자신이 보지 못한 무언가의 가능성을 냉무기는 보았을 것이라 여겼다.

'그 가능성이 이번 비무에 있다, 이거겠지.'

믿었다.

그가 자신에게 악의를 가지고 있지 않다는 사실을 믿고 거기에 모든 것을 걸어 보기로 한 것이다.

그리고 그런 잡생각은 냉무기가 다시 한 번 손을 뻗는 그 순간 완전히 날아가 버렸다.

콰아아앙—!

엄청난 힘.

근육이 찢겨 나갈 듯한 압도적인 파괴력에 초류향은 정신을 차릴 수가 없었다.

냉무기가 조금도 빈틈을 주지 않고 움직였던 것이다.

그의 손끝이 움직일 때마다, 압도적인 무공의 경지가 초류향의 눈앞에서 도도하게 펼쳐지며 전신을 무겁게 찍어 눌렀다.

'살아야 한다.'

초류향은 냉무기의 공격에 어떻게 대응하고 어떻게 막았는지 하나도 기억나지 않았다.

그저 월인도법을 사용해 본능적으로 치고 막고 흘리는 사이사이에 수라환경을 극성으로 발휘해서 공격했을 뿐이다.

'월인도법은 오로지 방어에 특화되어 있다.'

그것이 그동안 초류향이 가진 생각이었다.

극성으로 공격에 치중된 수라환경과는 정반대의 개념이라 여긴 것이다.

'그건 틀렸다.'

쿠콰콰쾅—!

냉무기가 펼친 어마어마한 범위 기술을 전신으로 막아 내며 뒤로 멀찍이 튕겨 나간 초류향의 몸에서 수증기가 뿜어져 나왔다.

'월인도법에 대해 나는 아무것도 모르고 있었다.'

냉무기가 쏟아 내는 엄청나게 파괴적인 공격들.

그것을 막기 위해 월인도법을 집중적으로 사용하다 보니 그 껍질 안에 존재하고 있는 실체가 조금씩 드러나기 시작했다.

'내 몸 안에 있는 삼라만상을 이용하는 것.'

그것이 바로 월인도법의 핵심이다.

조금 더 정확하게 말하자면 월인천강(月刃天罡)의 기운.

그것은 애초에 방어를 위해 만들어진 기운이 아니었다.

초류향이 자신도 모르게 월인천강의 기운을 뿜어내기 시작한 것은 바로 그 시점부터였다.

*   *   *

검이란 무엇인가?

사람을 죽이는 도구이자 흉기다.

애초부터 만들어지길 그렇게 만들어진 것이 바로 검이다.

그런 것으로 도(道)를 닦네 뭐네 하는 놈들, 예를 들면 태극검황 백무량을 필두로 하는 일부 무리들이 냉무기는 전혀 이해가 되지 않았다.

'검은 맨손보다 조금 더 효율적으로 사람을 죽이기 위해 만들어진 도구.'

냉무기는 그렇게 정의했다.

그런 그가 손에서 검을 놓은 것은 삼황이라는 이름을 얻고 나서부터였다.

그때부터는 손에 검이 없어도 있는 것과 다름이 없었으니까.

그러한 경지에 이르고 나서 냉무기는 제대로 된 싸움을 해 본 적이 없었다.

아니, 딱 한 번.

'공손천기…….'

그와의 목숨을 건 비무는 냉무기가 무공을 완성하고 나서 유일하게 경험한 생사결이었다.

어쩔 수 없이 검을 뽑아야만 했고, 그럼에도 불구하고 패배했으니까.

그리고 냉무기는 오늘 그의 제자를 만나 오랜만에 검을 손에 쥐게 되었다.

콰우우웅—

검 끝에 몰려 있던 어마어마한 기운.

그것을 받아치던 초류향의 몸에서 뿜어져 나오는 수증기의 양이 많아졌다.

충격을 받으면 받을수록 녀석의 육체가 점차 강건하고 단단해지는 게 눈으로도 보였다.

'연마되어 가고 있다.'

사실 굳이 검을 손에 쥘 필요는 없었다.

있으나 없으나 차이가 없었으니까.

번거롭지만 검을 꺼내 든 것은 이제부터 더더욱 공격의 단계를 높이겠다는 걸 사전에 경고하려는 의미였다.

'친절해졌군.'

스스로가 초류향에게 과도하게 많은 것을 베풀고 있음을 깨닫자 냉무기는 얼굴을 찡그렸다.

아무래도 자각은 없었지만 녀석의 성장이 내심 흐뭇했던 모양이다.

평소의 그라면 하지 않을 짓을 하는 것을 보면.

냉무기는 고개를 절레절레 젓고, 다시 냉정한 시선으로 돌아왔다.

'지금이 가장 중요하다.'

초류향을 한계까지 몰아붙이는 것은 냉무기에게도 상당히 까다로운 일이었다.

딱 죽지 않을 만큼만, 아니 정확하게 말하자면 죽기 직전까지 가도록 손을 써야 했다.

'보여 봐라.'

하루 종일 늘씬하게 두들겨 맞고 필사적으로 살기 위해 발악하다 보니 한계에 다다른 것이 보였다.

그래서 지금 이 순간이 더욱 중요했다.

한계점.

그곳에 다다라서 한 걸음 더 내디딜 수 있느냐 없느냐에 깨달음이 달려 있으니까.

파츠츠츠—

음산한 소리와 함께 냉무기가 뻗은 검에서 무지막지한 강기가 둥근 형태로 줄기줄기 뿜어져 나갔다.

심검을 제외하고 그가 사용할 수 있는 것 중 가장 강력한 무공.

'파쇄환.'

둥근 고리 형태의 검환이었다.

농축된 강기를 초류향에게 쏘아 보내며 냉무기는 긴장했다.

지금 초류향은 내력이 바닥을 치고 있는 상태였다.

가장 위험한 순간.

초류향이 움직였다.

'월인천강의 힘과 수라환경의 힘을 균일하게 모은다.'

머리카락 한 올의 차이도 없이 균등하게.

마치 기도라도 하듯이 두 손을 가슴 부근에 모은 초류향.

파아아앗—

그의 두 손 사이에서 작은 빛 무리가 떠올랐다.

전보다 크기가 커져 있었고, 색도 더욱 선명해져 있었다.

냉무기가 어금니를 깨무는 그 순간.

파쇄환과 초류향이 만든 빛 덩어리가 허공에서 충돌했다.

콰아아아아앙—!

냉무기의 몸이 화살처럼 뒤로 튕겨 나갔다.

심검을 사용하지 않고 오로지 무공만을 사용한 대가였다.

카가가각—

바닥에 검을 박아 뒤로 밀려나는 속도를 늦추고 겨우 멈춰 선 냉무기가 고개를 들자 보였다.

눈을 감은 채 제자리에 서서 두 손을 가지런히 모으고 있는 초류향의 모습이.

냉무기는 입으로 울컥하며 피를 게워 내고 몸을 일으켰다.

웅웅─

동시에 그의 전신에서 막대한 기운이 일어나며 그의 내상을 빠르게 치유해 갔다.

잠깐 사이에 내상을 대부분 치유한 냉무기는 초류향에게 다가갔다. 그리고 말했다.

"운휘라고 했나?"

"……예."

운휘가 그림자처럼 나타나서 대답하자 냉무기가 그를 보며 입을 열었다.

"교주가 깨어나면 내 말을 전해 주겠나?"

"물론입니다."

냉무기는 고개를 돌려 초류향을 바라보며 입을 열었다.

"네가 얻고자 한 것은 이제 다 얻어 갔으니 더 이상 오지 않아도 된다. 그렇게 전해 주게."

운휘는 눈을 동그랗게 떴다가 고개를 끄덕였다.

냉무기의 전언이 무엇을 의미하는지 알아들은 것이다.

"틀림없이 그렇게 전하겠습니다. 야황."

냉무기는 고개를 끄덕인 후 몸을 돌렸다.

"새로운 숙소는 옆방으로 가면 되겠지?"

"예."

운휘가 대답하자 냉무기는 그 자리를 벗어났다.

냉무기가 사라지는 것을 바라보던 운휘는 그 자리에 앉아서 눈을 감았다.

초류향이 깨어날 때까지 곁에서 지킬 생각이었다.

그리고 초류향이 깨어난 것은 그로부터 정확히 사흘이 지난 뒤였다.

＊　　　＊　　　＊

"너무 오래 기다렸어. 우리가 지금 이렇게 시간을 보내는 동안에 저쪽에서 무슨 작당을 했을지 알 수가 없다고."

초류향은 자신을 찾아온 냉하영을 보며 쓴웃음을 지었다.

잠깐 무아지경 상태에 빠진 것 같았는데 눈을 떠 보니 벌써 사흘이 나 지나 있었다.

사흘 동안 음식은커녕 물도 마시지 않았는데 아무렇지 않았다.

'아무렇지 않은 것은 아닌가?'

몸은 오히려 전보다 더욱 가뿐해져 있었다.

감각 역시 마찬가지였다.

사흘 전과 비교하기 어려울 정도로 예리해져 있었던 것이다.

지금과 같은 몸 상태라면 천하의 누가 온다고 해도 겁나지 않았다.

"근데 기분은 좀 어때?"

냉하영이 불쑥 질문하자 초류향은 피식 웃어 주었다.

그것으로 질문에 대한 대답이 된 것일까?

냉하영은 입술을 삐죽거리며 입을 열었다.

"우리 할아버지가 교주님을 아주 제대로 가르쳐 준 모양이네?"

"그래. 정말 대단하신 분이다, 야황은."

초류향이 선선히 긍정하자 냉하영은 더더욱 입술을 앞으로 내밀며 투덜거렸다.

"당연히 그렇겠지. 우리 할아버진데."

냉하영은 생각할수록 아까웠다.

시엽이 이번 비무를 곁에서 지켜보며 무엇을 얻었을지 모르겠다.

하지만 그것이 무엇이든 지금 초류향이 얻은 것보다 크진 않을 것 같았기에 배가 아팠다.

'하지만……'

어쩌겠는가?

그녀의 할아버지가 그렇게 하기로 결정했던 일이니 이미 예상하고 있던 결말이 아닌가?

서운한 마음을 감추고 냉하영은 침착하게 입을 열었다.

"그럼 혈맹에 대해서 어서 마무리 지어 보지요, 천마신교의 교주님?"

"원하는 것을 말해. 흑월회의 군사."

"네네."

"그 전에 되돌려 줄 것이 있군."

흑월회에서 주었던 극비 서찰.

그것을 초류향이 고스란히 넘겨주자 냉하영은 잠시 의미심장한 미소를 입가에 떠올렸다.

"이걸 돌려주는 걸 보니 내가 무엇을 원하는지 이미 짐작하고 있겠네?"

"어느 정도는. 하지만 정확하게는 짐작이 안 가. 워낙 머리가 좋은 군사님이시니까."

"그럼 우리 조금 더 솔직해져 볼까?"

냉하영은 빙그레 웃으며 소매에서 거대한 무언가를 꺼내 들었다.

그것을 지켜보던 초류향의 눈이 반짝거렸다.

"지도로군."

"그래. 천하의 지도지."

냉하영은 지도를 탁자에 넓게 펼쳤다.

그리고 그것을 보며 입을 열었다.

"그럼 여기서 질문. 이 지도에서 교주님은 뭐가 보이나요?"

천하의 지도를 펴 놓고 뭐가 보이냐고 묻는다?

대체 무슨 속셈일까?

잠시 고민하던 초류향은 그녀의 속마음을 짐작하는 것을 포기했다.

'내가 원하는 것을 말하면 그뿐이다.'

그녀가 무엇을 원할지 생각하는 것은 큰 의미가 없다.

그리고 사실 어느 정도는 짐작하고 있지 않은가?

'천하의 상권.'

과연 어느 정도를 원할지는 모르겠지만, 초류향은 설혹 그녀가 천하 상권의 대부분을 달라고 해도 거부하지 않을 생각이었다.

냉하영은 지금까지 그만한 일을 해 주었고, 또 앞으로도 받을 만큼 일을 할 테니까.

"설마 주무시는 건 아니죠, 교주님?"

냉하영의 은근한 재촉에 초류향은 씁쓸하게 웃으며 입을 열었다.

"뭐가 보이냐고 물었지?"

"응. 여기서 뭐가 보여?"

"천하를 집어삼킨 후의 내 욕망을 물어보는 건가?"

냉하영은 초류향을 바라보다 부끄럽다는 듯 손으로 입을 가리며 말했다.

"어라? 들켰네?"

초류향은 냉하영의 장난스러운 몸짓을 보다가 무심한 얼굴로 다시 지도로 시선을 돌렸다.

냉하영의 눈이 가늘어질 때 초류향이 불쑥 말했다.

"나는 이곳에서 사람이 보인다."

"사람? 사람이라……."

초류향은 곰곰이 그의 말을 곱씹는 냉하영을 가만히 바라보았다.

그러다 잠시 후, 냉하영이 얼굴을 찡그리며 투덜거렸다.

"참 어렵게도 말한다, 우리 교주님. 이건 뭐 수수께끼도 아니고……."

초류향의 얼굴에 황당함이 떠올랐다.

"아무리 그래도 너만 할까?"

"나는 다 깊은 뜻에서 하는 말들이야."

냉하영이 코웃음 치자 초류향은 어처구니없는 얼굴을 해 보였다.

"적반하장이라는 말이 이럴 때 쓰는 말인가 보군."

초류향의 중얼거림을 한 귀로 흘리며 냉하영이 입을 열었다.

"우리 교주님은 그럼, 단순히 세력을 넓히길 원하는 거야?"

"그래."

"돈에는 욕심이 없고?"

초류향은 고개를 저었다.

"돈에 욕심이 없는 사람도 있나? 나도 돈 좋아한다."

냉하영은 초류향의 솔직 담백한 말에 잠시 입맛을 다시다가 입을 열었다.

"난 이 지도에서 뭐가 보이나 궁금하지 않아?"

"돈이 아니었나?"

냉하영은 초류향의 직설적이고 명쾌한 대답에 낮게 혀를 차며 고개를 절레절레 저었다.

"나를 그런 저급한 속물로 보고 있었다니 실망이 커요, 교주님."

"⋯⋯그렇다면 뭘 보고 있었는지 갑자기 궁금해지는군."

"나는 말이야⋯⋯ 이것과 이것을 보고 있었어."

냉하영이 가리키는 것.

그것을 지켜보던 초류향의 눈이 가늘어졌다.

그리고 떨떠름하게 입을 열었다.

"속물 맞군."

"이게 왜 속물이야?"

냉하영이 발끈했지만 초류향은 표정 하나 안 바뀐 채 지도를 보며 말했다.

"돌려서 말했지만 결국 그게 그거 아닌가? 저것을 원한다는 것은⋯⋯."

"숙녀에게 너무 실례되는 발언 아닌가요, 교주님?"

"자기 편할 때만 교주라고 부르는군. 나에게 정말로 숙녀 대접을 받길 원하나?"

"그래!"

초류향은 말없이 입가에 가느다란 미소를 띠었다.

냉하영은 그것을 지켜보다가 결국 두 손을 들어 올리며 입을 열었다.

"좋아. 서로 번거로운 신경전은 하지 말자. 이건 시간 낭비야. 솔직하게 말할게. 맞아, 나도 돈 좋아해. 아주아주 좋아하지. 근데 그게 나쁜 건 아니잖아?"

"나쁜 게 아니지. 솔직해서 보기 좋군."

냉하영이 원하는 것.

그것은 바로 중원을 동서로 가로지르는 두 개의 큰 강.

황하와 장강이었다.

"숨김없이 솔직하게 말할게. 어차피 너도 가장 원하는 것을 말했으니 나도 솔직해질 필요가 있겠지."

냉하영은 자신의 머리를 위로 쓸어 넘기며 자신만만하게 미소 지었다.

"난 중원의 생명 줄을 쥐고 싶어. 저기만 내가 가질게. 나머지는 다 네 뜻대로 해."

황하와 장강.

그리고 두 강을 거미줄처럼 잇고 있는 대운하(大運河, 강이나 수로를 인위적으로 편리하게 정비해 놓은 것).

그것에 대한 모든 권리를 가지고 싶다는 의미였다.

초류향 역시 냉하영의 말을 들으며 앞머리를 뒤로 쓸어 넘겼다.

"가장 중요한 알맹이를 쏙 가져가면서 선심 베풀 듯이 말하지 맙시다. 흑월회의 군사."

"우리 교주님은 너무 똑똑해서 가끔 부담스러울 때가 있어."

지도를 들여다보며 냉하영의 제안을 고려하던 초류향이 마침내 입을 열었다.

"제안을 받아들이도록 하지."

천마신교와 흑월회.

둘의 혈맹이 이 순간부터 천하를 향해 움직이기 시작했다.

第八章

이간계

"뭐? 돌아간다고 했다고?"

"예. 왕야."

건안왕은 손에 들고 있던 사과를 가볍게 던졌다 받아 들며 입을 열었다.

"안 돼. 못 보내. 다 잡은 물고기를 어떻게 그냥 보내라는 말이냐?"

"……이미 짐을 들고 장원 바깥으로 나갔습니다. 강제로 막으면 반발이 있을 것이라 사료되어 어쩔 수가 없었습니다. 아무래도 그녀들 역시 무림인들이라……. 억지로 붙잡아 두려면 이쪽 역시 상당한 병력을 동원해야 할 듯하여 왕야에게 의견을 여쭙기 위해 찾아왔습니다."

"흠, 병력 동원이라……. 확실히 그렇게 일이 커지는 건 곤란한데."

지난 몇 주 동안 열심히 선우초린에게 선물을 보내고, 꾸준히 찾아가 달콤한 말로 수작을 부렸던 건안왕이다.

하지만 지금까지 겪어 왔던 다른 여자들과는 다르게 눈 하나 깜짝하지 않던 여자가 아닌가?

"정말 탐나는 여잔데⋯⋯."

건안왕은 아쉬운 듯 입맛을 몇 번 다셨다.

그동안 자신이 수작을 걸어서 넘어오지 않은 여자가 없었다.

돈이면 돈, 권력이면 권력, 출중한 외모에 무공까지 모든 게 완벽했다.

그런데 선우초린은 정말 눈 하나 깜짝하지 않았다.

어떤 조건을 내세워도 현혹되지 않고 자신을 똑바로 직시해 왔던 것이다.

'껍데기에 흔들리지 않는 여자라⋯⋯.'

이런 여자가 더 어려웠다.

돈이나 권력처럼 알기 쉬운 걸 원하는 여자들보다도 더 대응하기 힘든 것이다.

건안왕은 머리를 긁적이며 그의 사부를 돌아보았다.

"어떻게 방법이 없겠습니까, 사부?"

마테오 리치. 그는 건안왕을 바라보며 가볍게 미소 지었다.

"인연이라는 것은 억지로 맺는다고 되는 게 아니라고 들었습니다, 왕야."

"그야⋯⋯ 그렇지만."

"놓아줘야 할 때는 놓아주셔야 합니다."

"끙······."

건안왕은 내키지 않는 얼굴을 해 보였다.

마테오 리치는 최근에 무척이나 이상해져 있었다.

모든 일에 초연한 태도를 보이는 모습이 마치 오랫동안 불법을 닦은 스님 같아 보였다.

'뭐, 물론 과거에도 약간 그렇긴 했지만······.'

그래도 이렇게까지 심각하진 않았다.

잠시 무언가를 궁리하던 건안왕이 돌연 손바닥을 탁하고 치며 그의 수하에게 말했다.

"그 뒷방에 있는 분들을 모셔 오거라."

뒷방에 있는 분.

바로 서양에서 배를 타고 넘어온 자들을 가리키는 말이다.

"모셔 오겠습니다."

"그래. 어서 데려와."

건안왕은 즐거운 웃음을 입가에 그리며 그의 사부를 바라보았다.

"크크, 이거 아무래도 좋은 그림이 그려질 것 같습니다, 사부."

"허허······."

"저번에 지켜보니 그 친구들이 천마신교에서 온 여자들에게 관심을 보이던데, 이번 기회에 한번 써먹어 볼 만하지 않겠습니까?"

마테오 리치는 건안왕을 물끄러미 바라보았다.

헐렁해 보이고, 세상만사 즐겁게만 보내려 하는 건안왕이지만 이렇게 의외로 예리할 때가 있었다.

"뜻대로 하십시오, 왕야."

"그들이 생각한 대로만 움직여 준다면야…… 꽤 재미있어질 것 같습니다."

건안왕도 알고 있었다.

그들이 천마신교를 무너뜨리기 위해서 바다를 건너 왔다는 사실을.

그냥 모르는 척해 주고 있었을 뿐이다.

자신이 연관되지 않는다면 굳이 끼어들고 싶은 생각이 없었으니까.

'게다가 재미있는 구경거리이기도 하니까.'

서양의 멍청이들은 대체 천마신교를 얼마나 우습게 봤기에 그들을 부숴 버리네 마네 하는 것일까?

막상 천마신교의 실체를 마주하게 된다면 꼬리를 말고 도망갈 것이 눈에 선했다.

'마교 놈들이 그렇게 처리하기 쉬웠으면 왜 역대의 왕조가 바뀌는 동안 한 번도 무너뜨리지 못했겠는가.'

지난 천 년 동안 왕조는 바뀌었어도, 천마신교는 무너져 본 적이 없었다. 심지어 이번에 역사상 가장 완벽한 기회가 왔다고 들었는데 그마저도 실패하지 않았던가?

'멍청한 환관 놈.'

태 공공.

그놈은 정도맹주의 감언이설에 넘어가서 천마신교를 쳤다가 죽어 버렸다.

제 꾀에 제가 당해 버린 꼴이 아닌가?

'욕심이란 무서운 거지.'

굳이 그렇게까지 하지 않아도 이미 최고의 권력을 손에 쥐고 있었으면서 더한 욕심을 부리다가 죽어 버리다니…….

'어리석도다, 어리석어.'

그놈이 와서 도와 달라고 했을 때 거절한 자신의 판단은 너무도 적절했다.

건안왕이 그렇게 빙그레 웃고 있을 때. 손님들이 나타났다.

"고귀하신 분을 뵙습니다."

"오오! 왔나? 거기 앉게."

건안왕은 느슨하게 기대 있던 의자에서 몸을 일으키며 그들을 크게 환대했다.

그런 환대에 익숙하지 않았던 그레고리와 안토니오였지만 그런 내색은 하지 않고 건안왕이 가리키는 자리에 가서 앉았다.

"그래, 자네들이 이 먼 곳까지 온 본래의 목적은 마교의 교주를 죽이는 것이었지?"

"……!"

다짜고짜 꺼낸 질문에 그들은 크게 동요해서 자신들도 모르게 마테오 리치를 바라보았다.

그가 건안왕에게 그들의 계획을 털어놓았다고 여긴 것이다.

하나 마테오 리치는 가볍게 고개를 저어서 그렇지 않다는 뜻을 나타냈다.

"아아, 걱정하지 마. 이건 사부가 말해 준 게 아니니까. 나에게도 제법 쓸 만한 눈과 귀가 있어서 알아 낸 거거든."

"……."

안토니오와 그레고리는 숨을 죽인 채 건안왕의 눈치를 살폈다.

무슨 의도로 이렇게 이야기를 꺼냈는지 파악이 되지 않았던 탓이다.

그때 건안왕이 굳어 있는 그들의 어깨를 가볍게 툭툭 두드리며 입을 열었다.

"자네들이 무슨 작전을 짜고 있든 나는 그것을 전적으로 지지하는 바야. 오히려 도와줄 만한 것이 있으면 도와주고 싶을 정도지. 마교라는 이름은 나도 들을 때마다 치가 떨리는 구석이 있거든."

"오! 그것이 정말이십니까?"

"물론이지. 이런 일로 자네들에게 거짓을 말해 봐야 내가 뭐가 남겠어? 안 그래?"

안토니오와 그레고리는 고개를 끄덕였다.

사실 이미 무엇 하나 부족한 것 없는 삶을 누리고 있는 건안왕이었다.

혈통이면 혈통, 돈이면 돈. 모든 걸 다 갖추고 있지 않은가?

"그런데 이번에 조금 곤란한 일이 생겼지."

건안왕이 힘없는 어투로 작게 중얼거리자 안토니오와 그레고리는 서로 눈을 마주치며 고개를 끄덕였다.

'슬슬 본론이군.'

자신들의 계획을 알고도 이 자리에 불렀다는 것은 무언가 써먹을 곳이 있다는 소리였다. 그리고 안토니오와 그레고리는 건안왕이 어떤 부탁을 하든 성심성의껏 도와줄 생각이었다.

그래야 차후 자신들의 계획에도 힘을 보태 줄 테니까.

"하명하시지요, 왕야."

"아니, 이건 명령이 아니고…… 그냥 자네들이 아직 모르고 있는 것 같아서 좋은 사실을 하나 말해 주려고 그러지."

건안왕은 가볍게 웃으며 한창 천마신교로 돌아가고 있는 공손아리 일행에 대해서 언급했다.

전부터 그녀들을 감시해 오고 있던 안토니오와 그레고리는 그녀들의 진정한 신분을 알고는 눈을 휘둥그레 떠 버렸다.

"전대 교주의 딸이라는 말입니까?"

"그렇지. 그 아이만 인질로 붙잡아 둬도 마교의 정예들이 알아서 찾아올 거야. 아마 지금 교주인 그놈도 부리나케 뛰어올걸? 어때? 괜찮은 생각이지?"

인질이라는 단어에 기사인 그레고리의 눈빛이 가볍게 흔들렸다.

기사도에 입각하여 움직이는 그에게 이것은 너무도 비겁한 책략이었기 때문이다.

'하지만…….'

그만큼 매력적인 제안이었다.

마교의 교주를 잡기에는 현재 이쪽의 병력이 너무도 부족했다.

한데 전대 교주의 딸을 인질로 잡아 둔다?

그보다 손쉽고 효과적인 방법이 있을 수가 없었다.

"……고귀하신 분께서는 무엇을 원하시는 겁니까?"

"나? 나는 뭐 특별히 원하는 건 없어. 그냥 그녀들이 이곳에서 멀리 안 갔으면 해서."

가까이에만 있다면 기회는 올 것이다. 어떤 방식으로든 분명히.

그것이 건안왕의 생각이었다.

"한데 먼 나라의 친구들께서는 그 아이들을 다치지 않게 인질로 잡을 자신이 있나? 사실 이게 가장 중요한 부분이거든."

가만히 이야기를 듣고만 있던 안토니오가 고개를 끄덕이며 말했다.

"저희에게 확실한 방도가 있습니다."

건안왕은 잠시 그의 눈을 바라보다가 히죽 웃었다.

"좋아. 그 방법에 대해서는 굳이 자세하게 묻지 않겠다. 알아서 잘 해결해 보도록."

그렇게 선우초린을 곁에 두기 위한 건안왕의 음모가 은밀하게 진행되고 있었다.

＊　　　＊　　　＊

초류향과 냉하영은 일단 각자의 세력을 정비할 필요성을 느끼고 있었다.

지금의 상태로는 아무래도 천하를 제패하기에 너무 부족했던 것이다.

특히 천마신교는 이번 중원 진출의 실패로 막대한 인적 자원의 손실을 입었기 때문에 대대적인 정비가 불가피했다.

"확실한 정예들만 추려서 중원에 나와. 너희들이 부수고 간 곳은 우리들이 맡아서 관리할 테니까, 열심히 부수고 다니기만 하면 돼.”

초류향은 냉하영의 말에 피식 웃어 버렸다.

“왜 내 귀에는 편안하게 놀고먹겠다는 소리로 들리지?”

“정확하게 봤어. 우리는 가급적 병력의 손실을 피하고 싶어. 이유는 간단해. 남만야수문과 북해빙궁 때문이지. 그 녀석들이 언제 움직일지 모르니까 우리는 후방을 견제하고 있을 수밖에 없어.”

제법 그럴싸한 이유였다.

엄밀히 말하자면 이것만으로는 흑월회가 조용히 힘을 비축하려는 이유를 완벽히 설명할 수가 없었다. 하지만 초류향은 그러려니 했다.

‘그녀가 본 교를 구해 준 것을 생각하면 이 정도는 사소한 일이다.’

어지간한 일이라면 전부 그녀의 의견에 따르기로 이미 결정하지 않았던가?

게다가 정도맹과의 싸움에서 전력을 아낄 생각은 조금도 없는 초류향이었다.

‘지난 빚은 확실하게 갚는다.’

저번에는 실력도 모자랐고, 경험도 부족했다.

그래서 엄청난 인원들을 희생해야만 했었다.

하나 이번에는 달랐다.

심검을 부술 수 있는 무기를 손에 쥐지 않았는가?

지금이라면 백무량과 붙어도 그를 꺾을 자신이 있었다.

“내부 정비는 각자가 알아서 하는 것으로 치더라도, 아직 문제점이 남아 있다는 건 알고 있지?”

초류향은 고개를 끄덕였다.

그리고 탁자에 펼쳐져 있는 지도의 어느 지점을 가리켰다.

그러자 냉하영이 입가에 미소를 그렸다.

"정확해. 이미 사천 지역을 남만야수문과 북해빙궁이 점령해 버렸으니 녀석들이 비키지 않으면 우리는 필연적으로 충돌하게 되어 있어."

정도맹도 바보가 아니었다.

최악의 경우 천마신교가 다시 중원으로 나올 것을 대비해서 사천 지역을 남만야수문과 북해빙궁에 넘기고 방패막이로 삼은 것이다.

"우리는 절대 남만야수문이나 북해빙궁과 싸워서는 안 돼. 그게 바로 정도맹이 원하는 바니까."

"붙어도 상관없어."

힘으로 부순다면 못 부술 것도 없다.

과거에야 적이 많았으니 몸을 조금 사렸지만 지금은 아니다.

흑월회가 같은 편이 되었다면 이건 해볼 만한 싸움이었던 것이다.

아니, 오히려 이번 기회에 북해빙궁과 남만야수문을 부숴 놓고 가는 게 나중을 위해서도 더 편했다.

하나 냉하영은 고개를 저었다.

"이런 곳에서 쓸데없는 병력 낭비는 의미가 없지요, 교주님."

"……방법이 있는가 보군."

냉하영은 자신의 머리를 손가락으로 가리키며 입을 열었다.

"지도를 잘 살펴봐 봐. 머리를 쓰면 간단해. 핵심은 그다지 멀지 않은 곳에 있으니까."

머리를 쓴다? 초류향은 흥미로운 얼굴로 지도를 유심히 바라보았다.

사천 지역의 지도가 눈에 들어오고, 험한 산세와 지리적으로 단절되어 있는 부분들이 유난히 크게 보였다.

'이것을 이용하는 건가?'

잠깐 거기까지 생각하던 초류향은 냉하영이 의미심장한 얼굴로 낸 문제가 이렇게 쉬울 리 없다는 것을 떠올린 후, 입가에 가느다란 미소를 그렸다.

냉하영이라는 여자는 항상 말 속에 여러 가지 함정을 깔아 두는 유형의 인간이었다.

"이간계로군."

냉하영은 고개를 끄덕였다. 이번에는 그녀도 솔직히 감탄했다.

"어떻게 알았어?"

"흑월회의 군사님께서 지도를 잘 살펴보라고 한 것. 그 말이 함정이라는 사실을 깨달은 그 순간에 알게 되었지."

"역시…… 똑똑해."

만약에 적이 된다면 아주 피곤한 상대가 초류향이었지만 이렇게 아군으로 만나니 누구보다도 든든했다.

그것은 냉하영을 바라보는 초류향도 마찬가지였다.

"하나의 지역에 두 개의 세력이 모여 있다는 것은 이간계를 펼칠 수 있는 최소한의 조건이 되지. 하지만 그렇다 치더라도, 어떻게 그것을 실행할 생각이지?"

그녀가 어떻게 북해빙궁과 남만야수문을 이간질할지 궁금했다.

초류향의 얼굴을 가만히 바라보던 냉하영이 입가에 자신만만한 미소를 그리며 대답했다.

"원래는 비밀이지만…… 혈맹이 되었으니 특별하게 말해 줄게요, 교주님."

냉하영은 낮은 음성으로 조심스럽게 입을 열었다.

"난 이제부터 그들에게 미인계를 사용할 생각이야."

"……뭐?"

"나 같은 미인이 마지막까지 숨겨 놓은 무기거든."

"……스스로의 입으로 미인이라고 하다니 흑월회의 군사는 어지간히 뻔뻔하군."

황당해하는 초류향을 본 냉하영의 미소가 더욱 짙어졌다.

그 미소에는 숨길 수 없는 자신감이 배어나고 있었다.

*　　　*　　　*

"누가 찾아왔다고?"

"흑월회의 군사가 주군을 뵙기 위해 찾아왔습니다."

남만야수문의 후계자 구휘.

그는 읽고 있던 책을 덮으면서 얼굴을 찡그렸다.

"목적은?"

"직접 주군을 뵙고 나서 이야기하겠다고 고집을 부리고 있습니다."

"호위는 얼마나 데려왔지?"

"혼자 찾아왔습니다."

"미친 모양이군."

흑월회의 군사라면 구휘도 알고 있었다.

무공 실력은 별것 아니지만 계략 하나만큼은 유명한 계집이 아닌가?

'무슨 수작일까?'

이토록 당당하게 자신을 찾아왔다는 것은 분명 무언가 속셈이 있다는 의미일 터. 구휘는 그게 무언지 궁금해졌다.

"어디 있지?"

"후원에 데려다 놓았습니다."

"알겠다."

구휘는 일어나 후원으로 향했다.

후원으로 가는 동안 냉하영이 찾아온 목적을 다각도로 검토해 보았지만 공교롭게도 딱히 짚이는 점은 없었다.

이윽고 그는 후원 정자에 느긋한 얼굴로 앉아 있는 냉하영과 마주했다.

"야수문의 후계자를 뵙니다. 초면이네요?"

"……."

구휘는 냉하영을 물끄러미 바라보다가 고개를 끄덕였다.

"호위가 없다고 들었는데 그것도 아니었군."

냉하영은 시엽의 존재를 단박에 파악한 구휘를 보며 미소 지었다.

정말 초류향에게 들었던 대로 삼황급의 고수가 아닌가?

하지만 상관없었다.

애초에 그녀는 싸우려고 이곳에 찾아온 것이 아니었으니까.

"세상이 너무 흉험해서요."

"흉험하다라……. 그렇긴 하지. 하나 저 녀석이 내 앞에서도 너를 지켜 줄 수 있을 것이라 보나?"

구휘가 말하는 도중에 기운을 슬쩍 방출하자 시엽은 모습을 드러내며 냉하영의 바로 앞을 막아섰다.

이 정도로 가까운 거리가 아니라면 그녀를 보호할 수 없을 것 같았기 때문이다.

'엄청난 고수다.'

시엽의 얼굴이 심각해질 때.

냉하영은 구휘를 바라보며 태연하게 입을 열었다.

"당신과 저는 적이 아니에요. 장난은 그만하세요."

"적이 아니다? 그건 그쪽 생각이겠지."

"당신의 생각도 곧 그렇게 바뀔 거예요."

"자신감이 상당하군."

구휘는 냉하영과 말을 하면서도 흥미롭다는 얼굴로 시엽을 살펴보았다.

솔직히 누군가가 있다고는 생각했지만, 모습을 드러내기 직전까지는 정확히 어디에 있는지 그 기척을 잡아낼 수 없었다.

그만큼 시엽의 은신술은 독특하면서 특출했다.

시엽을 이리저리 살펴보던 구휘는 고개를 끄덕이며 기운을 거두었다.

"그러고 보니 기억이 난다. 북해빙궁의 그 얄미운 백여우가 흑월회의 고수와 부딪쳐서 크게 망신을 당했던 적이 있다고 했지."

"백여우…… 적혈명을 말하는 건가요?"

"그래."

솔직히 조금 더 기운을 뿜어내서 놈의 실력을 보고 싶었지만 일단은 자제하기로 했다.

냉하영이 무슨 말을 할지, 그것을 듣는 게 우선이라 판단한 것이다.

그리고 그 판단은 정확했다.

"이제 저와 이야기할 마음이 드신 거죠?"

"들어 볼 용의는 있다."

저 계집의 위치상 바보 같은 헛소리는 안 할 것이다. 그딴 소리나 할 정도로 멍청이라면 애초에 이곳에 오지도 않았을 테니까.

구휘가 성큼성큼 걸어가 냉하영의 맞은편 자리에 앉자 그녀가 입을 열었다.

"본 회가 천마신교와 손을 잡은 사실은 알고 계시겠지요?"

"물론."

어떻게 모르겠는가?

그렇게 화려하게 황실을 박살 내고 정도맹을 물 먹였는데.

이 정도 정보조차 자력으로 입수할 수 없는 정보 수집력이라면 애초부터 강호에 나와서는 안 되었다.

"잘되었네요. 그럼 단도직입적으로 말해도 될까요?"

"좋을 대로."

냉하영은 자신의 붉은 머리카락을 만지작거리며 미소 지었다.

"저희와 손을 잡는 게 어때요?"

"……?"

"남만야수문 역시 천하에 욕심이 있지 않나요? 우리와 함께한다면 천하 제패는 아주 손쉬울 거라 생각되는데, 어떠세요?"

구휘의 무덤덤한 얼굴에 순간적으로 당혹감이 스쳐 지나갔다.

너무도 뜬금없는 말인 데다가, 단번에 판단을 내리기도 어려운 제안이었기 때문이다.

그가 잠시 혼란스러울 얼굴로 생각을 정리하고 있는 동안.

냉하영은 묵묵하게 그 모습을 지켜보며 기다렸다.

'시간은 많으니까.'

그녀는 여유로웠다.

이곳에 오기 전에 이미 구휘에 대한 조사는 어느 정도 해 놓은 상태였다. 조사한 바에 의하면 구휘는 신중하고, 감정적인 일로 쉽사리 흔들리지 않는 성격이었다.

그렇기에 이런 큰 문제에 대해서는 결단을 내리는 것이 더디다.

'얼마나 걸리려나…….'

냉하영은 주변을 둘러보며 느긋한 얼굴을 해 보였다.

이곳 남만야수문의 사천 거점은 북해빙궁의 사천 거점과 그다지 멀리 떨어져 있지 않았다.

'이것만 봐도 북해빙궁과 남만야수문은 암묵적인 동맹·관계라는 소리지.'

북해빙궁과 남만야수문.

이 거대한 두 개의 단체는 정도맹에게 약속받은 사천 지역을 '어쩔 수 없이' 반으로 쪼개어 각각 점령하고 있었다.

그렇게 서로 경계선이 맞닿아 있다 보니 '어쩔 수 없이' 상대방과 손을 잡을 수밖에 없었다.

'서로가 싸운다면 얻는 것보다 잃을 것이 더 많다는 사실쯤은 알고 있을 테니까.'

두 단체의 수장은 다행히도 굉장히 영리했고, 그랬기에 어느 한쪽이 사천을 차지하겠다며 덤비는 바보 같은 짓을 경계했다.

지금 남만야수문과 북해빙궁이 싸우면 둘 모두 아무런 소득도 없이 손해만 본다는 사실을 그들도 잘 알았던 탓이다.

'반대로 자기들끼리 손을 잡으면 천마신교도 두렵지 않다고 생각했겠지.'

외부에 천마신교라는 강대한 적이 있으니 둘의 결속은 더욱 단단하고 굳건해질 수밖에 없었다. 확실히 완벽한 계획이긴 했다.

냉하영이 저쪽의 입장이었어도 이렇게 계획을 짜고 서로 손을 잡았을 게 분명하다.

'하지만……'

이 단단하고 견고해 보이는 관계에도 분명히 틈은 있었다.

그리고 냉하영은 그 사실을 누구보다도 잘 알았기 때문에 빈틈을 파고들 생각으로 이렇게 구휘를 찾아온 것이다.

"생각할 시간이 더 필요하신가요?"

구휘는 고요한 시선으로 냉하영을 바라보았다.

그녀가 무슨 속셈인지 파악해 보기 위해서다.

하나 잠시 후 구휘는 낮게 침음을 흘리며 고개를 저었다.

'대단하군.'

냉하영은 느슨한 얼굴을 하고 있었지만, 그 얼굴에서 어떤 속셈이나 계책도 읽어 낼 수 없었다.

그녀는 정말 '순수한 의도'에서 물어보는 듯한 얼굴로 구휘를 바라보고 있었던 것이다.

'절대 그럴 리가 없지.'

이렇게 매력적이고 달콤한 제안은 분명 그만한 위험이 따르기 마련이다.

천하 제패라는 그럴싸한 명분과 목표를 제시했지만 구휘는 그 아래에 깔려 있는 어두운 무언가가 느껴졌다.

'지금 당장은 그 속셈이 무엇인지 모른다는 게 괴롭군.'

이게 문제였다.

지금 당장 그녀가 적인지 아군인지 판단을 내릴 수가 없다는 것.

그것이 구휘를 혼란스럽게 만들었다.

냉하영이라는 여자는 확실히 소문대로 우습게 볼 수 없는 존재였다.

'이것만 해도 쓸 만한 수확이겠지.'

소문 속의 그녀를 이렇게 직접 마주한 것만으로도 이 자리는 손해가 아닐 것이다.

구휘는 그렇게 씁쓸한 속을 달래며 그녀에게 대답했다.

"당장 판단을 내릴 수는 없는 문제 같군."

"그런가요? 의외군요. 저는 당신이 당장이라도 받아들일 것이라 여겼는데요."

냉하영의 천연덕스러운 반응에 구휘는 아쉬운 듯 입맛을 다시며 고개를 저었다.

"네가 한 제안은 본 문의 미래를 뒤바꿀 수 있을 만큼 중요한 제안이다. 조만간 아버지께서도 중원에 나올 테니 그때 한번 진지하게 상의해 볼까 하는데 그쪽 생각은 어떠한가?"

"많은 시간을 드릴 수는 없어요. 이쪽 역시 정도맹과의 싸움을 더 이상 미룰 수가 없게 되었거든요."

냉하영이 조금 난감한 얼굴을 해 보이자 구휘가 무언가를 고심하다 입을 열었다.

"열흘. 늦어도 열흘 뒤에는 아버지께서 이곳에 도착하신다. 그때 결과가 나올 테니 곧장 말해 주도록 하지."

"열흘이라……."

냉하영은 머릿속으로 무언가를 따져 보기 시작했다.

그러다 빙그레 미소 지으며 말했다.

"열흘 정도면 나쁘지 않네요. 대신 초과하시면 안 됩니다."

"알겠다."

냉하영과 구휘는 그렇게 이야기를 끝내고 자리를 털고 일어섰다.

"그럼 긍정적인 대답, 기다리고 있겠어요."

구휘는 고개를 끄덕인 후 별말 없이 냉하영을 보냈다.

이때까지도 구휘는 냉하영이 단순히 연합을 제의하기 위해 왔다고만 생각했다.

　그가 일이 잘못되어 간다는 것을 깨닫게 된 것은 사흘이 지난 뒤였다.

＊　　　＊　　　＊

　"누구라고?"

　"북해빙궁의 대제자 적혈명이 찾아왔습니다."

　"그가 왜?"

　"……주군을 직접 만나 뵙고 이야기를 하겠다 했습니다."

　구휘는 읽고 있던 서류를 가볍게 내려놓으며 인상을 찡그렸다.

　"최근에 굳이 나를 봐야지만 용건을 이야기하겠다는 놈들이 너무 많다고 생각하지 않나?"

　"……죄송합니다."

　수하가 얼굴이 하얗게 질려서 바닥에 엎드리자 구휘는 탐탁지 않은 기색으로 몸을 일으켰다.

　"놈은 어디에 있지?"

　"후원에 있습니다."

　"알겠다."

　구휘가 자리를 이동해서 후원으로 향하자 정자에 앉아서 차를 마시고 있는 적혈명이 보였다.

　적혈명의 옆에는 항상 그림자처럼 그와 함께 다니는 여자.

　주다혜가 함께였다.

"팔자 좋군, 백여우."

구휘는 오자마자 적혈명 맞은편에 앉았다.

그러자 적혈명이 언짢은 얼굴로 말했다.

"너도 되게 좋아 보이는데, 불곰?"

"나쁠 것은 없지."

구휘와 적혈명. 둘 사이에 미묘한 긴장감이 흘렀다.

그제야 구휘는 그 긴장감의 정체가 무엇인지 알아챘다.

적혈명이 이곳에 찾아온 이유가 짐작이 간 것이다.

'그것 때문인가?'

동맹을 제안하기 위한 냉하영의 방문.

설마 북해빙궁이 그 날의 밀회를 눈치챈 건가?

그렇다면 생각보다 일이 복잡해진다.

그렇게 둘이 무거운 침묵을 지키고 있을 때.

꼬로록—

침묵과 전혀 관계없는 소리가 그들 사이에서 울려 퍼졌다.

구휘와 적혈명의 시선이 동시에 주다혜를 향했다.

그러자 그녀가 민망한 얼굴로 조용히 손을 들며 입을 열었다.

"헤헤, 바쁘신 중에 굉장히 죄송한데…… 여기는 다과 같은 거 안 주나요?"

구휘는 입가에 가느다란 미소를 그리며 대답했다.

"북해빙궁의 제자께서 배가 출출하신 모양이군. 다과를 준비시키도록 하지."

"예. 너무 급하게 왔거든요. 헤헤……."

주다혜가 겸연쩍은 얼굴을 할 때.

옆에 있던 적혈명의 입에서 바람 빠지는 듯한 헛웃음이 흘러나오더니 곧 그가 주다혜의 머리에 가볍게 꿀밤을 때렸다.

"지금 이 사형이 심각한 이야기를 하려는 분위기를 못 읽었어? 이게 대체 무슨 짓이냐?"

주다혜는 맞은 곳을 감싸 쥐더니 눈을 희번득하게 뜨며 적혈명에게 대들었다.

"우쒸! 배가 고픈 걸 제가 어떻게 해요? 그러게 밥이라도 좀 먹이고 데리고 나오든가!"

"어쭈? 아주 막 나가자는 거지, 이건? 집안 꼴 잘 돌아간다. 지금 그게 여기서 할 소리냐? 한번 살풀이를 해?"

"흥, 대사형이 먼저 물어봤잖아요. 그래서 대답한 건데요, 뭐."

주다혜가 움찔한 얼굴로 한 걸음 물러서면서도 지지 않고 쫑알거리자 적혈명은 입꼬리를 씰룩거렸다.

여기서 더 화를 내자니 물끄러미 바라보고 있는 구휘가 부담스러웠고 그냥 넘어가자니 사매의 태도가 영 못마땅했던 것이다.

"젠장."

원래는 이쪽이 불곰같이 생긴 저놈을 닦달하고 채근해야 하는 상황이었다. 남만야수문은 자신들 모르게 흑월회와 은밀한 거래를 주고받지 않았던가?

한데 주다혜가 산통을 다 깨 놓는 바람에 주도권을 잃어버렸다.

적혈명이 속으로 투덜거리는 사이.

구휘의 수하가 다과를 챙겨 왔다.

"우와!"

알록달록한 화과자와 전병들을 보며 탄성을 터트린 주다혜가 정신없이 과자를 입으로 쓸어 담을 때.

적혈명은 독 따위는 전혀 걱정도 하지 않고 꾸역꾸역 먹어 대는 사매를 어이없게 바라보고 있었다.

"사형도 한번 먹어 봐요. 이거 되게 달아요."

양 볼에 과자를 한 움큼이나 넣은 상태로 자신에게 월병 하나를 권하는 사매를 적혈명은 쓰게 웃으며 바라보았다.

"너나 많이 먹어."

주다혜는 어차피 한 번 이상 권할 생각이 없었던 듯 흔쾌히 고개를 숙여 다시 다과를 정신없이 먹어 댔다.

적혈명은 애써 그런 사매를 외면했다.

그리고 구휘를 노려보며 말했다.

"내가 오늘 여기에 왜 찾아왔는지 알겠지, 불곰?"

구휘는 고개를 끄덕였다.

이제부터가 본론인 것이다.

적혈명과 구휘의 사이에 긴장감 가득한 공기가 흐르기 시작했다.

第九章
냉하영의 목적

"내가 여기에 온 목적은 짐작하겠지?"

"대충은."

"그럼 변명을 한번 들어 볼까?"

적혈명이 진지한 얼굴로 팔짱을 끼며 추궁하자 구휘는 잠시 침묵을 지켰다.

생각보다 일이 너무 더럽게 꼬였다는 느낌이 들었던 것이다.

그리고 그제서야 불현듯 냉하영이 찾아온 목적을 깨달은 구휘의 얼굴이 심각해졌다.

'함정이었나……'

남만야수문과 북해빙궁의 단단한 결속에 균열을 만드는 것.

그것이 바로 냉하영의 목적이었다.

'시기가 묘하군.'

냉하영이 다녀간 게 불과 며칠 전이다.

그런데 북해빙궁에서 이렇게도 빨리 흑월회와의 밀회를 알아챘다?

이건 뭔가 이상하지 않나?

"그 전에 하나 물어보고 싶군."

"뭔데?"

"어디서 그 이야기를 들었지?"

"왜? 꼭꼭 숨기고 있던 비밀이 어디로 새어 나갔는지가 궁금한가?"

구휘는 이미 단단히 오해하고 있는 듯 비꼬는 적혈명을 바라보며 고개를 저었다.

"함정이다, 이건."

"함정? 무슨 함정?"

북해빙궁과 남만야수문이 사천성이라는 하나의 지역을 절반으로 나눈 특수한 상황에서 단 한 차례의 마찰도 일어나지 않은 이유는 간단했다.

암묵적이긴 하지만 서로를 신뢰했기 때문이다.

하지만 남만야수문은 지금 흑월회와의 밀회를 숨김으로써 그 신뢰를 잃었다.

"냉하영, 그 계집의 이간계다."

"이게 단순히 이간계다?"

"그래. 우리의 분열을 원하는 거지."

적혈명은 어이없는 얼굴을 해 보였다.

흑월회와 남만야수문 사이에 밀담이 있었다는 사실은 알지만, 정확히 둘 사이에 무슨 내용이 오고 갔는지는 잘 모른다.

하나 짐작은 갔다.

지금 이 시점에서 냉하영이 남만야수문을 찾아왔다가 멀쩡하게 걸어 나간 것만 봐도 거래 내용이 뭔지는 충분히 짐작이 가지 않는가?

"좋아. 그럼 나도 하나만 묻자, 불곰."

"말해라."

"이게 냉하영의 계략이라고 치자. 한데 왜 우리에게 이번 일에 대해서 바로 알리지 않았던 거지? 그것도 함정이냐?"

"그건……."

구휘는 말끝을 흐렸다.

냉하영은 정말로 치밀했다.

그녀가 쳐 놓은 올가미는 너무도 완벽해서 그게 함정이라고 깨닫는 순간에는 이미 빠져나갈 구멍이 없었던 것이다.

구휘는 낮게 이를 갈았다.

'이건 분명 혼자 결정할 만한 사안이 아니었다.'

냉하영이 던진 미끼는 그만큼 중한 것이었고, 구휘 스스로의 판단으로는 결정할 수 없어서 남만야수문의 주인을 기다린 것이다.

그리고 남만야수문의 주인.

야수왕 구마벽을 기다리는 동안 설마 이런 사태가 벌어질 줄이야.

'내 실수다.'

이건 꽤 치명적이었다.

구휘는 인정했다.

그녀의 올가미에 완전히 걸려 버렸음을.

지금의 적혈명에게는 무어라 말하건 모두 변명으로밖에 들리지 않을 것이다.

"……내 불찰이다. 너희 쪽에 미리 말하지 못한 것은 분명한 내 판단 착오였다."

구휘가 씁쓸한 얼굴로 말하자 적혈명은 더 이상 묻지 않았다.

"우리는 흑월회와 남만야수문 사이에 어떤 거래가 있었다고 보고 있다. 그리고 그 거래 내용이 우리 쪽에는 대단히 거지 같은 일일 거라 거의 확신하고 있지. 내 말에 뭔가 잘못된 점이 있다면, 우리가 단순히 오해하고 있는 거라면 변명이라도 해 봐라, 불곰."

적혈명의 말에 구휘는 고개를 저었다.

그리고 무덤덤하게 말했다.

"변명은 내 방식이 아니다, 백여우. 나는 너에게 흑월회의 함정이라 말했고, 그 말을 믿지 않는 시점에서 이야기는 끝이다."

구휘의 말이 끝나기가 무섭게 적혈명은 손바닥으로 다과가 놓여 있던 대리석 탁자를 내리쳤다.

콰아아앙—!

탁자가 거북이 등껍질처럼 사방으로 갈라지며 부서졌고, 소리를 듣고 남만야수문의 고수들이 몰려오기 시작했다.

구휘는 그들에게 움직이지 말라는 지시를 내린 후 적혈명을 바라보았다.

"참으로 편리한 사고방식을 가진 놈이다, 네놈은. 나는 너에게 분명 기회를 줬다. 이걸 걷어찬 것은 너다."

적혈명은 으스스한 음성으로 그렇게 말하며 자리에서 일어섰다.

그리고 그때까지 뻘쭘한 얼굴로 손에 든 다과를 깨작깨작 씹고 있던 주다혜를 손짓으로 일으키며 말했다.

"평화는 끝났다, 불곰. 다음에 날 만나면 목숨을 걸어야 할 거다."

"……."

구휘는 아무런 말도 하지 않았다.

그저 복잡한 눈으로 적혈명을 응시할 따름이었다.

'어차피 언젠가는 이렇게 될 운명이었다.'

현재 시점에서 북해빙궁과의 관계가 이렇게 끝나 버린다는 것은 남만야수문으로서는 매우 치명적이었다.

천마신교가 움직인다면 혼자서는 감당이 되지 않으니까.

'당했군.'

분명 흑월회에서 북해빙궁 측에 정보를 흘렸을 것이다.

그러니까 이렇게 시기 적절하게 적혈명이 찾아왔을 터.

설마 냉하영이 이것을 노리고 방문했으리라고는 구휘도 미처 예상하지 못했다.

멀어져 가는 적혈명을 바라보며 구휘는 자리에서 일어섰다.

"준비해야겠군."

냉하영이 이렇게 되도록 일을 꾸몄다면 조만간 천마신교가 움직일 것이다.

그리고 구휘의 그런 예상은 정확하게 맞아떨어졌다.

*   *   *

"내 미인계가 어때?"

냉하영의 장난스러운 물음에 초류향은 피식 웃었다.

그러다 머리를 뒤로 모아 묶으며 말했다.

"설마 이렇게 쉽게 구휘를 속여 넘길 수 있을 줄은 몰랐다."

초류향은 이미 한 번 구휘를 만난 적이 있었다.

그 남자 특유의 침착성과 신중함을 알고 있었던 만큼 이런 결과가 더욱 의외였다.

"오해하지 마. 난 속인 적 없어. 그냥 저쪽이 멋대로 그렇게 생각하는 것뿐이야."

냉하영의 말에 초류향은 고개를 끄덕였다.

그랬다.

사실 냉하영은 한 번도 거짓말을 한 적이 없었다.

단지 그녀는 처음부터 이런 그림을 예상하고 움직였을 뿐이다.

"준비는 됐어?"

초류향은 고개를 끄덕였다.

이미 천마신교의 주력 병력들은 사천성의 경계선에 도착해 있었다.

"아마 지금쯤이면 남만야수문과 북해빙궁도 눈치챘겠지."

"제발 그랬으면 좋겠다. 아직도 눈치채지 못했으면 직접 알려 줘야 하는데 그거만큼 귀찮은 것도 없거든."

이번에 북해빙궁은 흑월회와 남만야수문의 밀회를 전혀 모르고 있었다.

그 정도로 정보력이 뒤처지는 것이다.

그래서 냉하영은 굳이 번거롭게 그들의 귀에도 들어갈 수 있게 정보를 흘려야만 했다.

"일부러 알려 주는 게 제일 힘들었어."

냉하영이 투덜거리고 있을 때.

엄승도가 찾아와 초류향에게 말했다.

"남만야수문 측에서 변화가 있습니다."

초류향은 고개를 끄덕였다.

"슬슬 시작이군."

구휘는 똑똑한 사람이었다.

지금 천마신교랑 부딪친다면 엄청난 피해를 입게 될 것을 알고 있을 터.

"문제는 북해빙궁이지."

냉하영은 자신의 붉은 입술을 매만지며 생각했다.

남만야수문은 자신에게 당한 것을 기억하며 뒤로 물러날 가능성이 높았다.

그는 신중했고, 불리하다 여기면 나서지 않는 성격이었다.

사실 냉하영은 처음부터 그 점까지 계산하고 구휘에게 접근한 것이다.

하지만 북해빙궁은 달랐다.

"적혈명이라는 자는 아마 물러서지 않을 거야."

냉하영은 그렇게 내다봤다.

그녀가 판단하기에 적혈명은 대단히 호전적인 성격이기 때문이다.

그리고 그녀의 판단은 옳았다.

초류향이 천마신교의 정예들을 이끌고 사천성에 입성하자마자 그가 가는 길목을 막아서는 고수들.

그리고 그 사이를 유유자적 유람이라도 나온 듯이 걸어 나오는 미남자.

"오랜만이야, 교주."

초류향은 자신의 앞을 막아선 적혈명을 물끄러미 바라보았다.

그는 천마신교를 상대로 조금도 물러설 생각이 없어 보였다.

오히려 당당하게 혼자 걸어 나와서 초류향을 응시하고 있지 않은가.

"언젠가 한번은 이런 날이 올 거라고 생각했지. 교주도 그리 생각했을 텐데?"

초류향은 적혈명의 말에 웃어 버렸다.

정말 놀랍도록 자신과 비슷한 생각이 아닌가?

그 역시 언젠가 한번은 적혈명과 제대로 붙게 될 것이라 짐작하고 있었다.

둘 모두 다음 세대를 이끌고 갈 차세대 고수였으니까.

'단지 그게 오늘일 줄은 몰랐지만…….'

크게 상관없었다.

부딪치면 깨부수고 나가면 그뿐.

그럴 힘이 초류향에게는 있었다.

"자신 있지?"

냉하영의 질문에 초류향은 고개를 끄덕였다.

그는 아까부터 적혈명에게 시선을 고정한 채 고개도 돌리지 않고 있었다.

저 멀리서부터 그가 오는 걸 하나도 놓치지 않고 바라보고 있었다.

'둘 중 하나는 오늘 이곳에서 죽게 될 것이다.'

초류향은 천천히 걸어 나가 적혈명과 마주했다.

상대방이 일대일 대결을 원하는데 물러서는 것은 한 단체의 수장으로서 절대 할 수 없는 행동이니까.

적혈명은 다가오는 초류향을 보며 웃었다.

그 역시 초류향의 전신에서 거미줄처럼 촘촘하게 뿜어져 나오는 기운 때문에 기분이 무척 좋아졌기 때문이다.

'게다가……'

무공 역시 자신과 엇비슷한 수준이 아닌가?

재수 없으면 정말 이곳에 목을 두고 가게 될지도 몰랐다.

'그럴 리가 없지.'

갑자기 적혈명의 전신에서 무서울 정도로 사나운 기세가 뿜어져 나왔다.

그는 초류향을 잠시 지켜보다가 검집을 매만지며 감회가 새로운 얼굴로 입을 열었다.

"그러고 보니 내가 우리 교주님에게 빚이 있었지? 다행이야. 그때는 그 일 덕분에 벽을 정면으로 마주할 수 있었거든."

"벽이라……."

무엇을 말하는지 알 것 같았다.

도저히, 그 무엇으로도 넘어설 수 없는 엄청난 높이의 벽.

눈에 보이지 않는 벽이지만 그것은 절대적이었다.

"교주를 죽인다면 아마도 그 벽을 뛰어넘을 수 있을 것 같은데 그쪽 생각은 어때?"

"날 죽일 수 있다면 그럴지도 모르지."

스르릉―

적혈명의 검집에서 꺼내져 나오는 새하얀 검날이 짐승의 송곳니처럼 날카로워 보였다.

"근데 싸우기 전에 뭐 하나만 물어봐도 괜찮을라나, 교주?"

"……뭐지?"

"사실 이제 와서 물어봐야 소용없는 거지만…… 흑월회의 망할 계집애가 남만야수문에 찾아간 거 말이야. 정말로 그쪽에서 이간계를 쓴 건가?"

초류향은 잠시 멈칫했다.

이것을 사실 그대로 말 해 줘도 되는지 언뜻 판단이 서지 않았던 것이다.

잠시 고민하던 그는 피식 웃으며 고개를 끄덕였다.

"그래. 이간계다."

"……젠장, 빌어먹을! 그럼 불곰 말이 옳았다 이건가?"

적혈명은 검을 빼 들고 한참을 투덜거렸다.

초류향은 그가 혼자서 투덜거리는 것을 가만히 지켜보았다.

조금 걸리는 부분이 있음에도 그에게 사실을 말해 준 이유는 딱 하나.

'오늘 적혈명은 여기서 죽게 될 것이다.'

그러니 진실을 알아도 별다른 문제가 없었다.

초류향은 잠자코 그의 짜증스러운 불만을 다 들어 넘겼다.

잠시 후 정신을 차린 적혈명이 겸연쩍은 웃음을 입가에 그리며 말했다.

"실례했군, 교주. 그럼 진지하게 상대해 볼까?"

웅웅웅—

말이 끝나기가 무섭게 적혈명의 검이 가늘게 진동하자 초류향은 가볍게 늘어뜨린 두 손에 힘을 주었다.

분명 승부는 한순간에 결정이 날 것이다.

초류향 본인도 그러했지만 상대방도 이미 초월적인 힘을 지닌 고수였다.

잠깐의 방심이나 빈틈으로 승부가 갈릴 터.

'그걸 쓸까?'

초류향은 잠시 갈등했다.

냉무기와의 승부에서 얻은 그것.

뇌력환(雷力環)이라 이름 붙인, 수라환경의 힘과 월인천강의 힘을 섞은 그 가공할 무공.

그것을 사용한다면 적혈명은 쉽게 꺾어 버릴 수 있었다.

'하지만……'

지금 이런 곳에서 그 무공을 공개할 순 없었다.

그것은 오로지 백무량의 심검을 상대하기 위해 완성시킨 비장의 한 수였으니까.

숨길 수 있다면 정말 최후의 최후까지 숨겨서 백무량을 죽일 때 사용해야 했다.

'역시 노출이 되면 곤란하다.'

초류향은 결단을 내렸다.

적혈명을 상대로 뇌력환은 사용하지 않기로 마음먹은 것이다.

그렇다면 확실히 적혈명과의 정면 승부는 장담하기 어려웠다.

'진법을 쓸까?'

손쉬운 방법이지만 여기에도 고민의 여지가 많았다.

강호의 모든 이들이 지켜보는 자리였다.

이런 자리에서는 확실하게 무공으로 상대방을 꺾는 것이 가장 좋았다.

'내 스스로 날개를 꺾어 놓고 싸워야 하는군.'

초류향은 자신도 모르게 속으로 쓴웃음을 그렸다.

스스로가 생각해도 지금 상황이 어이가 없었던 것이다.

많은 이들을 이끄는 자리에 있다 보니 그만큼 여러모로 고려해야 할 것이 많아져 버렸다.

그때.

'온다.'

초류향의 동공이 커지고, 적혈명의 가늘게 떨리고 있던 검 끝이 반월 모양으로 휘어졌다.

거의 동시에 초류향의 몸이 앞으로 튀어 나갔다.

第十章
이판사판

　주호유는 지금 막 문 안으로 들어서는 중년인을 바라보며 함박웃음을 지었다.

　"드디어 만나 뵙는군요, 리 선생님! 정말 반갑습니다!"

　금발 벽안의 색목인.

　마테오 리치는 주호유를 바라보며 눈을 몇 번 깜빡였다.

　그러다 감탄한 얼굴로 말했다.

　"혹시 나에게 서찰을 보낸 분이 그쪽이 맞으시오?"

　"예."

　"서찰 제일 마지막에 적혀 있던 산법의 배열. 그것은 진법이었는데 그것도 그쪽이 만든 게 맞소이까?"

　마테오 리치의 말에 이번에는 주호유가 깜짝 놀란 얼굴을 해 보였다.

"설마 그것을 알아보셨습니까? 그건 산법으로 진법을 표현해 놓은 것인데…… 정말 아무 기대 없이 혹시나 해서 적어 놓았던 것을 어떻게 선생님이……."

주호유가 더듬거리며 대답하자 마테오 리치가 희미하게 미소를 지었다.

"우연히도 이 나라에 와서 두 번째 보는 것이오. 한데 내가 알고 있던 사람이 아닌 다른 사람의 작품이라 지금 무척 놀라고 있소."

"알고 있던 사람? 진법을 사용하는 사람이라면 혹시……."

주호유는 잠시 주변을 살펴보다가 나직하게 입을 열었다.

"천마신교의 교주를 말하는 게 아닙니까?"

"……당신은 그와 무슨 관계요?"

놀람의 연속이었다.

그랬기에 마테오 리치는 이번에는 신중한 얼굴을 해 보였다.

설마하니 처음 보는 낯선 사내가 초류향을 알고 있을 줄은 상상도 하지 못했기 때문이다.

한데 그 점에서는 주호유 역시 놀라긴 마찬가지다.

"하하……. 설마 리 선생님께서 우리 교주님까지 알고 계실 줄이야…… 이거 놀라운 사실이네요."

주호유가 어깨를 으쓱하며 시선을 옆으로 돌렸다.

그곳에는 고요히 침묵을 지키고 있는 척계광이 있었다.

척계광은 아까부터 마테오 리치를 흥미롭게 살펴보고 있었다.

"이거 생각보다 발이 넓은 모양입니다, 우리 교주님은."

"흠……."

척계광이 주호유의 말에 모호한 표정을 지으며 낮게 신음을 흘릴 때.

주호유가 다시 마테오 리치에게 말했다.

"저는 그와 매우 각별한 사이입니다. 산우(算友, 셈을 나누는 친구)라고 봐도 되겠지요."

"그럼 그대는 천마신교의 사람이오?"

마테오 리치의 질문을 받은 주호유는 고민했다.

자신이 어느 쪽의 사람인지 지금까지 제대로 생각해 본 적이 없었던 것이다.

'나는 어느 쪽에 가까울까?'

그는 확실히 무림인이 아니지만, 그렇다고 황실의 관료도 아니었다.

전과는 상황이 달라진 지금, 그는 그냥 떠돌이인 셈이었다.

하지만 초류향은 분명 그에게 언제든 돌아오고 싶을 때 돌아오라고 말을 했었다.

잠시 고민하던 주호유는 피식 웃으며 입을 열었다.

"예. 저는 천마신교의 사람입니다. 리 선생님."

"허어……. 그곳에는 재능이 있는 사람이 참으로 많소."

하나의 세력에 이토록 많은 인재들이 속해 있다는 것은 분명 부럽고도 감탄스러운 일이었다.

'하지만 두렵기도 하구나.'

이렇게 강력한 천마신교를 적으로 두게 된다면 그것만큼 무서운 일도 없을 것이다.

문제는 지금 교황청에서 나온 사람들이 이런 엄청난 곳을 적으로 삼으려 하고 있다는 점이다.

'너무 무모하다.'

사실 마테오 리치 개인적으로는 천마신교가 적이라는 생각이 들지 않았다.

오히려 고마웠다.

초류향이라는 존재 덕분에 새로운 세계로 가는 문을 열 수 있었으니까.

교황청의 의견과는 별개로 그에게 초류향은 참으로 각별한 존재였다.

'어찌해야 하나……'

마테오 리치는 고민했다.

사실 이번에 공손아리와 선우초린을 둘러싼 교황청의 움직임이 몹시도 신경 쓰였다.

건안왕이 그녀들을 곁에 두고 싶은 마음에 교황청의 사람들까지 동원해 음모를 꾸몄다는 사실이 못내 마음에 걸린 것이다.

'이 와중에 이들을 만난 것도 어찌 보면 신의 뜻이 아니겠는가?'

마테오 리치는 자신을 찾아온 주호유를 보면서 어떤 운명과도 같은 느낌을 받았다.

그래서 그에게 막 공손아리 일행이 처한 위기를 말해 주려 할 때.

뒤에서 고요히 앉아 있던 척계광이 불쑥 입을 열었다.

"참으로 신기한 색목인이군."

"예?"

"내 눈으로 보기에 이자는 분명 무공을 익히지 않았는데 어떻게 해서 마의 벽을 넘어설 수 있었는지 전혀 짐작이 되지 않는구만."

"마의 벽을 넘다니요?"

척계광은 자신을 쳐다보는 마테오 리치와 정면으로 눈을 마주치며 입을 열었다.

"화경을 넘어서서 저 너머의 어딘가로 계속 향하다 보면, 어느 순간 눈앞에 거대한 벽이 하나 나타나지. 그 벽을 넘어서면 흔히 말하는 삼황의 경지에 들어서게 되는 것이네. 한데……."

척계광의 얼굴에 곤혹스러움이 떠올랐다.

그러자 주호유가 고개를 갸웃거리며 물었다.

"무슨 문제라도 있습니까?"

"있지. 이건 아주 심각한 문제네."

척계광은 마테오 리치의 푸른 눈 깊숙한 곳을 뚫어지게 살펴보며 그 안에 꼭꼭 숨겨져 있는 현묘함을 꼼꼼하게 읽어 냈다.

그리고 말했다.

"이자는 무공을 전혀 익히지 않았음에도 불구하고 그 벽을 돌파했으니…… 나로서는 이해가 되지 않는다는 걸세. 대체 무슨 방법으로 그 벽을 돌파한 것일까…… 도무지 이해가 되지 않는군."

척계광은 스스로 몸뚱이를 파괴한 적이 있었던 탓에 현재 펼칠 수 있는 무공은 화경의 고수 수준이 한계였다.

하지만 정신은 절대의 경지인 삼황 수준에도 발을 디뎠던 초인.

그렇기 때문에 더더욱 지금 마테오 리치의 상태가 이해되지 않는 것이다.

그때 마테오 리치 역시 고요하게 척계광의 이곳저곳을 살펴보다가 입을 열었다.

"그대…… 다치셨구려."

"보이는가?"

"그렇소이다. 그대의 몸이 부서지고 망가져 있는 게 보이오."

마테오 리치의 눈에는 보였다.

척계광의 몸 구석구석에 가 있는 균열이.

그것은 굉장히 치명적이고 위태로워서 어지간한 사람이라면 당장에 죽어도 전혀 이상하지 않을 정도였다.

"그대는…… 이쪽 세계에서는 정말 엄청난 고수였겠소."

"그럭저럭 쓸 만하긴 했지."

척계광의 대답에 마테오 리치는 순수하게 감탄했다.

저런 몸 상태로도 이렇게 멀쩡하게 움직일 수 있는 것은 분명 저자가 다치기 전에 익혔던 엄청난 무공의 힘 덕분일 것이다.

"한데 리 선생이라고 했던가? 그대는 어떻게 해서 그 벽을 열게 되었나? 분명 벽을 넘어선 게 보이는데 어찌해서 신체에 변화가 없는 거지? 하마터면 눈치채지 못할 뻔했다."

마테오 리치는 지금 척계광이 속사포처럼 쏟아 내는 질문이 무엇을 의미하는지 단박에 이해했다.

그래서 씁쓸하게 웃으며 말했다.

"아무래도 진리를 본 것에 대해 말하시는 것 같구려. 맞소이까?"

"진리? 그대들의 세상에서는 벽 너머를 그렇게 부르는가?"

서로 지칭하는 단어나 표현은 달랐지만 척계광과 마테오 리치는 확신했다.

분명 서로가 똑같은 것을 말하고 있음을……

"벽을 넘는 도중에 집중이 깨져 버렸소. 그래서 아마 그대가 말하는 신체의 변화가 진행되지 않은 모양이오."

"그랬군……"

"나는 이쪽 세계에서 말하는 산법을 익혔소. 한데 아주 우연하게 그것으로 진리를 향해 갈 수 있는 길을 교주가 보여 주었소. 중간에 깨지지만 않았더라면……"

마테오 리치는 아쉬운 얼굴로 자신의 두 손을 내려다보았다.

그때 바로 눈앞까지 다가왔던 무언가를 잡지 못했다.

당시에 느꼈던 허망함과 무력감이 다시금 떠오르자 마테오 리치는 서둘러 고개를 저었다.

'과거일 뿐이다. 잊자.'

마테오 리치는 밀려드는 후회와 번민을 서둘러 털어 내며 주호유와 척계광을 번갈아 바라보았다.

"사실 나는 그대들에게 말해 주고 싶은 게 있소."

"급한 일입니까?"

주호유가 마테오 리치의 얼굴에 떠올라 있는 초조함을 읽고 그렇게 묻자 그는 고개를 끄덕였다.

"그렇소. 그래도 지금이라면 아슬아슬하게 도착할 수 있을 거요."

마테오 리치는 주호유와 척계광에게 공손아리 일행에 대한 정보를 알려 주었다.

이야기를 다 듣고 난 척계광의 입가에 가느다란 미소가 걸렸다.

"이거 생각보다 빨리 교주에게 진 빚을 청산할 수 있게 되겠군."

"그러게 말입니다. 이걸 해결해 준다면 그간 얻어먹은 밥값은 충분히 했다고 볼 수 있겠죠."

공손아리에 대한 이야기는 그들도 천마신교에 있으면서 간간이 주워들을 수 있었다.

그녀와 초류향이 어떤 관계인지는 모르겠지만, 공손천기의 핏줄이라면 나름대로 상징성이 있는 인물일 터.

"시간이 없다니 서두르세."

주호유는 척계광의 말에 허둥거리며 자리에서 일어섰다.

그리고 아쉬운 얼굴로 마테오 리치를 바라보았다.

"시간이 허락된다면 선생님과 산법에 대해 자세히 이야기를 나누고 싶었는데…… 아쉽습니다."

그의 짙은 아쉬움이 전해졌기에 마테오 리치는 허허롭게 웃으며 말했다.

"차후에 분명 다시 만날 날이 있을 거요. 그대와 나는 같은 길을 걷고 있지 않소?"

같은 길을 걷는다.

산법을 이렇게 깊이 있게 공부하는 사람은 분명 드물었다.

그랬기에 마테오 리치의 지금 이 말이 무척이나 감동적으로 다가오는 주호유였다.

"일이 끝나고 여유가 되면 반드시 다시 찾아오겠습니다. 그때는 많은 이야기를 하고 싶습니다, 리 선생님."

"나도 그 시간을 고대하고 있겠소이다."

주호유가 가볍게 목례를 한 뒤 먼저 나간 척계광을 다급하게 쫓아갔다.

마테오 리치는 사라지는 그들의 뒷모습을 바라보며 부디 그들이 늦지 않기를 간절히 기도했다.

*　　*　　*

초류향은 적혈명을 향해 달려들면서 생각했다.

어쩌면 생각보다 어려운 승부가 될지도 모르겠다고.

쾅—!

적혈명의 검 끝을 주먹으로 쳐 내며 초류향은 얼굴을 찡그렸다.

'접근하기가 어렵다.'

검은 주먹보다 사거리가 길다.

초류향이 공격하려면 상대적으로 적혈명보다 더욱 깊숙이 파고들어야 하는데 그게 어려웠다.

콰콰쾅—!

적혈명은 무난하게 공격할 수 있지만 초류향은 공격이 어려운 거리.

그 거리를 좁혀 보려고 달려들어도 적혈명에게는 빈틈이 없었다.

'그렇다면……'

초류향은 호흡을 잠깐 멈췄다.

동시에 주먹을 가볍게 앞으로 뻗었다가 빠르게 잡아당겼다.

허공을 짧게 끊어 친 것이다.

'패력수라권.'

현재 그가 접근할 수 있는 가장 가까운 거리에서 천하제일의 주먹질을 날린 것이다.

콰아아앙—!

패력수라권의 최고 장점은 두말할 것도 없이 그 파괴력에 있지만, 그것 못지않게 막강한 장점이 있었다.

'바로 속도.'

초류향은 움직였다.

초류향이 쏘아 보낸 패력수라권을 적혈명이 급한 대로 놀고 있던 왼쪽 손을 펼쳐 막아 낸 것을 보았기 때문이다.

'저 손은 이제 사용하지 못한다.'

이건 확신이었다.

그걸 믿었기에 초류향은 본래라면 검이 뻗어 들어올 수 있는 영역까지 무턱대고 몸을 들이밀었다.

굉장히 위험하고 무모해 보였지만 이것은 확실히 효과가 있었다.

적혈명이 이를 악물고 검을 휘둘렀기 때문이다.

피웃—

고통을 참고 차근차근 검을 뻗었지만 왼팔 전체에 퍼진 충격 때문인지 검 끝의 힘이 확실하게 죽어 있었다.

'균형이 무너졌다.'

힘이 죽어 있는 검은 초류향을 상대로 소용이 없었다.

파앗—!

지척까지 접근한 초류향이 마치 짐승의 발톱처럼 손가락 끝을 구부려서 기운을 모았다.

방금 전에 전력으로 사용했던 수라환경이 아니라 월인천강의 기운을 끌어온 것이다.

청강빛의 파괴적인 기운이 적혈명의 상체를 할퀴어 갔다.

'젠장.'

적혈명은 얼굴을 찡그렸다.

저놈에게 패력수라권이라는 말도 안 되는 무공이 있다는 사실은 진즉에 알고 있었다.

문제는 놈이 호흡을 끊고 큰 것을 노린다는 것을 알았음에도 불구하고 대응이 늦었다는 점이다.

'방심했다.'

이것은 너무도 뼈아픈 실수다.

그래도 한 가닥 기대를 걸 수 있는 구석이 있다면 패력수라권과 같은 절대적인 무공에는 치명적인 흠이 있다는 점이다.

저런 종류의 무공은 사용한 직후 한동안 내력에 빈틈이 생긴다.

전신의 기운을 한 호흡에 모아서 뿜어내는 것이니 당연히 일시적인 공백이 생길 수밖에 없다.

'한데…….'

이 미친놈은 어떻게 이렇게 빨리 달려들 수 있다는 말인가?

악귀처럼 달려드는 초류향을 보며 적혈명의 눈가에 살기가 떠올랐다.

이렇게 되면 이판사판인 것이다.

그의 입가에 악독한 웃음이 떠올랐다.

*　　　*　　　*

흑월회는 본래 사파의 여러 문파가 연합 형식으로 모여 유지되는 일종의 공동체 집단이었다.

그래서 그들은 기본적으로는 회주의 명령을 듣지만, 각자의 문파가 위치해 있는 지역에서만큼은 회주의 발언권보다 더 강력한 영향력을 행사하곤 했다.

왜냐하면 그들도 오랫동안 한 지역에서 터를 잡고 살아오며 그 영역을 대표해 온 거대 문파이기 때문이다.

그리고…….

그런 흑월회의 특성을 잘 고려해서 정도맹이 은밀하게 움직이고 있었다.

흑월회 소속 문파 지룡문.

그곳의 문주인 임한석은 갑자기 쳐들어온 남궁세가의 고수들을 보며 낮게 이를 갈았다.

"이 개자식들! 네놈들이 지금 무슨 짓을 하는지 알고나 있느냐?"

"물론이다."

"이런 짓을 하고도 흑월회가 네놈들을 가만히 내버려 둘 것 같으냐?"

"가만있지 않으면?"

촤아악—!

남궁세가의 직속 무력 집단인 천왕검대가 압도적인 무력으로 주변을 휩쓸 때, 그들을 이끌고 온 이가 입을 열었다.

"흑월회 따위가 뭘 어쩔 건가?"

"이, 이 자식!"

임한석이 손에 들고 있던 겸(鎌, 낫)을 자신의 말에 꼬박꼬박 말대꾸하는 놈을 향해 집어 던졌다.

"흥!"

가벼운 코웃음과 함께 자신을 향해 쏘아지는 낫을 가볍게 위로 쳐 날린 중년인.

남궁세가의 가주 남궁세옥은 임한석을 바라보며 빙긋 웃었다.

"조만간 다른 곳에서도 친구들이 따라갈 테니 외롭지는 않을 게다."

"이 자식……."

남궁세옥은 검을 휘두르며 임한석을 향해 달려들었다.

동시에 주변에서 피와 비명들이 터지기 시작했다.

정확히 한 시진(두 시간)이 지난 뒤에 지룡문이 있던 자리에 살아 있는 사람들은 남궁세가의 무인들밖에 없었다.

"모두 정리가 끝난 게냐?"

"예."

남궁세옥은 검 끝에 뭉쳐 있던 핏물을 닦아 내며 뒤를 돌아보았다.

그곳에는 남궁세가 소속의 최강 고수이자 화경의 고수인 창천검군 남궁윤호가 주변을 둘러보며 서 있었다.

"한데 옥빈이는 어디 있느냐?"

"아, 아마 도망친 잔당들을 추적하고 있을 겁니다."

남궁세옥의 대답에 창천검군은 고개를 끄덕였다.

"이제 정마대전의 시작인가……."

"예. 전 사실 이번 일이 차라리 잘되었다고 생각하고 있습니다. 이번 기회에 사파의 해충들을 전부 다 정리해 버릴 수 있으니 참 마음에 드는 작전입니다."

정도맹 군사인 상관중달의 계책.

그것은 바로 각 지역에 있는 무림맹 소속 단체들을 이용해서 흑월회를 동시다발적으로 공격하는 것이었다.

그리고 이 작전은 적어도 전쟁 초반인 지금은 확실하게 먹혀들어 가고 있었다.

"대규모 병력이 움직인다면 흑월회의 눈을 속일 수 없겠지만……. 지금처럼 각 지역의 문파들이 움직이는 정도야 놈들의 정보망에 걸려들지 않지요. 설사 걸리더라도 지원을 요청하기엔 너무 늦을 테고."

상관중달이 간만에 괜찮은 작전을 짠 것 같다고 남궁세옥이 칭찬하려 할 때.

남궁윤호가 어딘가 걱정스러운 얼굴로 입을 열었다.

"작전은 좋다. 하지만……."

"염려가 되는 부분이 있으십니까?"

남궁세옥이 의아한 얼굴을 할 때.

남궁윤호가 입을 열었다.

"지룡문처럼 작은 문파만 쳐서는 기습이 성공해도 별 의미가 없지. 위험부담이 조금 있더라도 덩치가 큰 문파들을 중점적으로 부숴야 한다고 생각한다만…… 군사가 다 생각이 있겠지."

그랬다.

상관중달은 이런 염려마저도 이미 다 계산해 두고 있었다.

그렇게 천마신교가 강호에 다시 한 번 이빨을 들이밀려고 할 때.

한편으로는 정도맹 역시 은밀하고도 신속하게 움직였다.

그리고 그런 정도맹의 움직임을 흑월회는 단 하나도 놓치지 않고 지켜보고 있었다.

"역시……."

흑월회의 각 지역 지부장들에게 속속 급보가 도착하기 시작했다.

그것들은 하나같이 흑월회 소속 문파들이 입은 처참한 피해를 알리고 있었다.

불과 하룻밤 사이에 흑월회에 소속된 수십 개의 중소 문파들이 박살 나거나 몰살당한 것이다.

"일단 여기까지는 군사님의 말처럼 됐는데……."

흑월회의 군사 냉하영.

그녀는 이미 이런 상황이 올 것을 예견하고 있었다.

그리고 그에 따른 대비책 역시 이미 모든 문파에 퍼져 나가 있었다.

그녀가 자리를 비우기 전 흑월회 전체에 내린 명령은 단 하나.

"이번 작전에서 제일 중요한 것은 바로 버티는 거예요. 어떻게
든 최대한 오래 버티면서 시간을 끌어 줘요. 그 사이에 제가 천마
신교를 이용해서 놈들을 박살 내고 올 테니까."

적들에게서 도망쳐도 좋다.

냉하영 그녀가 흑월회 소속 고수들에게 내린 명령은 절대 죽지 말
고 어떻게든 살아 있으라는 것이었다.

'근데 그게 어디 말처럼 쉽겠냐고……'

강호에서는 명예가 목숨보다 소중했다.

이름값 하나 때문에 사람이 죽고 살고 했으니까.

그런 냉엄한 현실 속에서 적들이 쳐들어온다고 몸을 피하라고?

'말도 안 되는 소리지.'

무조건 목숨을 걸고 싸워서 지켜 내야만 했다.

도망쳤다가는 목숨이야 건지겠지만 목숨을 뺀 나머지 모든 것을 잃
게 될 테니까.

'이제 선택해야 할 시간인가……'

흑월회의 지부장들은 각자 고심한 끝에 냉하영이 지시했던 작전을

실행에 옮기기로 했다.

현재 흑월회가 맡고 있는 가장 중요한 과제는 시간을 버는 것.

천마신교가 사천 지역을 통과하여 정도맹을 완전히 박살 낼 때까지.

단지 버티기만 하면 이기는 것이다.

'하지만 단순히 버티기만 해서는 재미가 없지.'

흑월회의 각 지역 지부장들은 은밀히 미소 지었다.

흑월회의 약점을 정도맹이 알아냈듯이 그들도 이미 정도맹의 약점이 무엇인지 알고 있었던 것이다.

그리고 이번에는 흑월회가 정도맹의 아픈 약점을 정확하게 찌를 준비를 하고 움직이기 시작했다.

그렇게 흑월회의 냉하영과 정도맹의 상관중달 간의 두뇌 싸움이 시작되고 있었다.

*　　　*　　　*

초류향은 얼굴을 찌푸렸다.

'이자가…….'

적혈명은 목숨을 도외시한 채 공격에만 온 신경을 집중하고 있었다.

이런 상대가 가장 힘겨웠다.

저 정도의 고수가 방어를 아예 하지 않고 공격만 해 온다는 것은 정말 무시무시한 일이었으니까.

'그래도…….'

초류향은 어금니를 꽉 깨물었다.

방법이 없는 것은 아니었으니까.

초류향은 적혈명의 공격을 최대한 흘려 내며 때가 오기를 기다렸다.

'딱 한 번. 딱 한 번의 기회만 있으면 된다.'

하나 적혈명의 공격은 한 치의 빈틈도 없이 초류향의 목숨을 노려 왔고, 덕분에 초류향 역시 초조한 얼굴로 그 공격을 받아 낼 수밖에 없었다.

그렇게 얼마나 지척에서 공격을 주고받았을까?

어느 한순간 초류향의 눈이 번뜩였다.

'지금!'

적혈명의 불편한 왼쪽 팔이 일시적으로 흔들렸을 때.

몸의 전체적인 균형이 미묘하게 흔들리는 그 찰나의 순간, 초류향은 적혈명의 왼쪽으로 바짝 다가갔다.

'이 자식이?'

적혈명은 초류향의 속셈을 읽었기에 낮게 이를 갈며 몸을 빠르게 회전했다.

하나 초류향 역시 겨우 잡은 기회를 놓칠 생각이 전혀 없었다.

적혈명의 몸을 따라 빠르게 돌며 더더욱 적혈명의 왼쪽 팔에 달라붙었다.

'빌어먹을.'

적혈명은 선택을 해야 했다.

이놈이 이 이상 가까이 붙게 된다면 저항도 하지 못하고 당하게 될 것이다.

적혈명은 이를 악물고 검을 찔렀다.

푸욱—

검 끝이 고깃덩이를 관통하는 섬뜩한 느낌.

적혈명이 스스로 불편한 왼쪽 팔을 찔러서 그것을 통과한 검 끝으로 초류향의 심장을 노린 것이다.

'지독하군.'

적혈명의 강렬한 집착이 느껴졌기에 초류향은 속으로 혀를 내둘렀다.

하지만 사실 이것이야 말로 초류향이 원하던 가장 최적의 그림이었다.

초류향은 자신의 심장을 노리고 찔러 오는 검을 향해 기도하듯이 두 손을 모았다.

'잡는다.'

찔러 오는 검날을 양 손바닥으로 압박해서 잡아 누를 생각이었다.

쿠우웅—!

엄청난 무게감과 함께 적혈명은 얼굴을 찡그렸다.

팔에서 전해지는 고통에 저절로 이가 갈릴 정도였다.

한데 문제는 그것이 아니었다.

'내력 대결을 하자 이거냐?'

초류향이 원하는 것은 순수한 내력 대결이었다.

누구의 내력이 더 강한지, 얼마나 내력을 잘 조절할 수 있는지 승부를 가리는 것이다.

'제법 똑똑했다만…….'

분명 지금 같은 상황에서는 초류향이 유리한 것이 맞았다.

서로의 무공 수위가 비슷하기에 내력의 양도 아마 엇비슷할 것이다.

한데도 초류향이 이런 도박 아닌 도박을 한 이유는 매우 간단했다.

지금 적혈명은 무척이나 지쳐 있고, 굉장히 불리한 자세로 내력 대결을 해야만 하니까.

게다가 자신감도 있었다.

수라환경과 월인도법이라는 희대의 기공을 익히고 있지 않은가?

'하지만 너는 지금 큰 착오를 한 것이다.'

적혈명은 속으로 득의양양하게 웃었다.

북해빙궁의 내력은 그 얼음장과 같은 차가운 성질이 특징이었다.

그리고 덕분에 북해빙궁의 무인들은 순수한 내력 대결에서 압도적인 승률을 자랑했다.

치지지직—

적혈명의 검날에 금방 새하얀 서리가 끼며 엄청난 냉기가 초류향의 두 손바닥으로 스며들기 시작했다.

초류향 역시 내력을 모아 냉기를 밀어내려 했지만 쉽지가 않았다.

'이건…….'

내력이 마치 끈끈한 풀처럼 초류향의 두 손바닥에 찰싹 달라붙더니 빠르게 온도를 빼앗아 가기 시작했다.

내력 대결에서는 밀리지 않았지만 체온이 빠른 속도로 떨어지기 시작했다.

초류향은 애써 침착한 얼굴을 해 보이고 있었지만 속으로는 크게 동요했다.

처음 접해 보는 종류의 내력에 당황한 것이다.

그리고 그 마음의 흔들림을 적혈명은 단번에 눈치챘다.

'죽어라, 멍청이.'

북해빙궁의 사람에게 내력 대결을 거는 것은 정말 멍청한 짓이다.

그런 기본 상식을 모를 줄이야…….

절로 비웃음이 새어 나왔다.

적혈명은 내력을 잡았다 당겼다 하며 냉기를 천천히 초류향의 몸속으로 집어넣기 시작했다.

'큰일이다.'

양쪽 손바닥을 타고 차가운 냉기가 뼛속까지 스며들기 시작했다.

저절로 오한이 들고, 등 뒤에서는 식은땀이 줄줄 흘렀다.

위기가 찾아온 것이다.

초류향 입장에서는 난생처음으로 경험하는 공포였다.

'방법이 없나?'

냉기가 팔목을 지나 순식간에 팔꿈치까지 뻗어 왔다.

양손에서 감각이 사라지고 초류향의 두 팔에 새하얀 서리가 맺히기 시작했다.

"저, 저런!"

멀리 떨어진 뒤쪽에서 지켜보던 우 호법이 발작하며 발을 동동 구를 때.

초류향의 어깨까지 새하얀 얼음 알갱이들이 덮이기 시작했다.

'위험하다.'

정말 위험했다.

양쪽 팔의 감각은 이미 없어진 지 오래다.

내력을 끊임없이 불어넣고 있었기에 내력의 힘에서는 밀리지 않았지만 체온이 떨어지는 것은 어떻게 막을 수가 없었다.

'어리석었다.'

다 이겼던 승부였다.

상대방이 죽음을 각오하고 나오자 마음이 조급해졌다.

덕분에 정확하게 상황을 판단하지 못했다.

그때 조금만 더 침착했더라면 이런 위기를 맞이할 리가 없었다.

초류향이 어두운 얼굴로 스스로의 두 팔을 바라볼 때.

불현듯 그의 머릿속을 스치는 생각이 있었다.

'가능할까?'

하나의 가능성.

그것이 머릿속에 떠오르자마자 초류향은 호흡을 골랐다.

지금은 가능한지 아닌지를 따질 때가 아니었다.

뭐라도 하지 않으면 정말 가만히 서서 죽음이 오기를 기다려야만 하는 것이다.

'뇌력환.'

내력 대결을 하는 도중인데 무공을 사용할 수 있을까?

그건 당연히 불가능한 일이었다.

하나 뇌력환 자체가 워낙에 특이한 무공이었기에 한번 시도해 볼
만한 가치는 있었다.

'문제는…….'

이렇게 가까운 거리에서 뇌력환을 쓴다면 성공하더라도 과연 무사
할 수 있을까였다.

초류향의 머릿속에 오만 가지 상념들이 가득해졌다.

'하지만…….'

초류향도 알았다.

지금은 이것 외에 다른 방법이 없다는 것을.

초류향은 단전에서 끌어온 두 가지 다른 성질의 기운을 양쪽 팔로
내려 보냈다.

감각이 없었기에 적당한 양을 조절하긴 어려웠다.

하지만 지금은 찬밥 더운밥 가릴 때가 아니었다.

'간다.'

서로 다른 성질의 내력이 양쪽 손바닥에 모이고, 그것이 어느 순간
중간에서 뒤섞이며 엄청난 빛을 뿜어내기 시작했다.

〈다음 권에 계속〉